दो मिसरों में...

ग़ज़ल संग्रह

मनीष बादल

MANJUL
मंजुल पब्लिशिंग हाउस

साहित्य अकादमी, मध्यप्रदेश संस्कृति परिषद, मध्यप्रदेश शासन
संस्कृति विभाग, भोपाल के सहयोग से प्रकाशित

MANJUL

मंजुल पब्लिशिंग हाउस

कॉरपोरेट एवं संपादकीय कार्यालय

• द्वितीय तल, उषा प्रीत कॉम्प्लेक्स, 42 मालवीय नगर, भोपाल-462 003

विक्रय एवं विपणन कार्यालय

• सी-16, सेक्टर 3, नोएडा, उत्तर प्रदेश, 201301

वेबसाइट : www.manjulindia.com

वितरण केन्द्र

अहमदाबाद, बेंगलुरू, भोपाल, कोलकाता, चेन्नई,
हैदराबाद, मुम्बई, नई दिल्ली, पुणे

दो मिसरों में...

कॉपीराइट © मनीष बादल, 2023
सर्वाधिकार सुरक्षित

यह संस्करण मंजुल पब्लिशिंग हाउस द्वारा 2023 में प्रकाशित

ISBN 978-93-5543-145-5

मुद्रण व जिल्दसाज़ी : रेप्रो इंडिया लिमिटेड

यह पुस्तक इस शर्त पर विक्रय की जा रही है कि प्रकाशक की लिखित पूर्वानुमति के बिना इसे या इसके किसी भी हिस्से को न तो पुनः प्रकाशित किया जा सकता है और न ही किसी भी अन्य तरीक़े से, किसी भी रूप में इसका व्यावसायिक उपयोग किया जा सकता है। यदि कोई व्यक्ति ऐसा करता है तो उसके विरुद्ध कानूनी कार्रवाई की जाएगी।

अम्मा (श्रीमती विमला श्रीवास्तव), पापा (श्री विभूति प्रसाद) एवं अनुज (रजनीश) को समर्पित

आईनों में फ़रिश्तों की संभावनाएँ

मनीष बादल लौकिक, भौतिक, मौखिक और मौलिक लिखा करते हैं। अनेक विधाओं में लिखते हैं, लेकिन ग़ज़ल में 'कहते' हैं। अपने लिखने के बारे में उन्होंने 'कहा' है -

> 'दो मिसरों में इस जीवन का सार लिखा करता हूँ मैं,
> सँग अपनों के ग़ैरों को भी प्यार लिखा करता हूँ मैं।
> सीधी-सच्ची सोच है मेरी, सीधे हैं सारे अशआर,
> दो और दो का जोड़ हमेशा चार लिखा करता हूँ मैं'।

अब श्रोता-पाठक को सोचना पड़ेगा। सभी जानते हैं कि कुछ लोग होते हैं जो दो और दो को पाँच करते हैं। कुछ होते हैं जो दो और दो का तीन ही बनाए रखते हैं। कुछ महारथी तो इसी जीवन में दो और दो के चार के आगे मनचाहे शून्य भी लगा लेते हैं। इसी ग़ज़ल में बढ़ेंगे और पढ़ेंगे तो जान जाएंगे कि मनीष बादल ज़िन्दगी में दृश्यमान हर प्रकार के गणित की पेचीदगी को अपनी कहन में उतारते हैं। देखिए, वे आगे कहते हैं,

> 'टीस भरी सच्ची बातें तो फूल सरीखी होती हैं,
> ज़्यादा मीठी बोली को बस ख़ार लिखा करता हूं मैं'।

इस शे'र को पढ़कर आपको सोचना पड़ेगा कि ये शख़्स दो और दो को चार नहीं करता, आत्ममंथन के लिए लाचार करता है। उसके सीधे-सच्चे अंकगणित में भी कुछ ज्यामितिक और त्रिज्यात्मक है। आँकपन और बाँकपन है। दो और दो का योग चार होगा, लेकिन नए विचार के बाद। इन्होंने पहली ही ग़ज़ल में घोषणा की है,

'ख़यालों के बदलने से भी होती हैं नई सुब्हें,
फ़क़त सूरज निकलने से सवेरा तो नहीं होता,
मैं देखूँ ख्वाब रौशन से करूँ जब बंद आँखों को,
हमेशा बंद आँखों में अँधेरा तो नहीं होता'।

जी, जैसा ज़माना मानता है, वैसा हमेशा नहीं होता। सभी लोगों के चरित्रों में अनेक छिपी हुई छवियाँ बसी होती हैं। जिनसे आपको उजाला मिलता हो, वे शायद स्वयं अँधेरे की बुनियाद पर खड़े हों और सम्भव है उजाले की बुनियाद पर हो तात्कालिक अँधेरा। अँधेरे और उजाले पर बहुत अशआर कहे हैं बादल ने। रौशनी का मतलब है दिमाग़ की रौशनी और अँधेरे का मतलब है मूढ़-कूढ़पन, अज्ञान, नासमझी, अनदेखा करने की प्रवृत्ति और जानते हुए भी नासमझ बनने का ढोंग।

सुबह पर कितने गाने-तराने, अफ़साने लिखे गए, लेकिन वह नई सुबह अगर विचारों के बदलने के बाद मानव जाति का कल्याण दूर तक नहीं कर सके तो किस काम की? बालकवि बैरागी जी कहा करते थे कि सूरज भले ही करोड़ों वर्षों से निकलता आ रहा हो, लेकिन संवेदनहीन हो तो किस काम का?

मनीष बादल की पहली ग़ज़ल के बाद अंतिम ग़ज़ल का अंतिम शे'र भी देख लीजिए,

'गर्मी में सूरज है दुश्मन, सर्दी में हो जाता दोस्त,
इस दुनिया में 'बादल' सब मतलब साधे ही होते हैं'।

नई सोच जब दरवाज़े पर आकर खड़ी हो जाती है तो नज़र तो नहीं बदलती, नज़रिया बदल जाता है। ज्ञान की आमद के लिए कभी-कभी एक इकलौता शे'र भी ज़रिया बन जाता है। बादल ने अनेकानेक कहे हैं,

'पुरानी सोच पर मेरी, नई ने जब दख़ल डाला,
नज़र बदली न मैंने पर, नज़रिये को बदल डाला'।

बादल के शायर के पास दिमाग़ात्मक दिल है और दिलात्मक दिमाग़ जो सतत रचनात्मक सम्भावनाओं के द्वारों पर खड़ा रहता है। वो मिलन में विरह की और विरह में मिलन की, उजालों में अँधेरों की और अँधेरों में उजालों की, अभावों में भाव की और भाव में अभावों की, स्वप्न में यथार्थ की और यथार्थ में स्वप्न की, जिस्म में रूह की और रूह में जिस्म की, ख़ामोशी में आर्तनाद की और

आर्तनाद में ख़ामोशी की, रिश्तों में टूटन की और टूटन में रिश्तों की, क़तरे में समन्दर की और समन्दर में क़तरे की, आँसुओं में मुस्कान की और मुस्कान में आँसुओं की, दोस्ती में फ़रेब की और फ़रेब में दोस्ती की, भूख में रोटियों की और रोटियों में भूख़ की, फ़रिश्तों में आईनों की और आईनों में फ़रिश्तों की संभावनाएँ देखता रहता है।

मनीष बादल को अभी बहुत आगे जाना है, मैं हमेशा उनकी अगवानी में खड़ा मिलूंगा।

—अशोक चक्रधर

ashok@chakradhar.com

प्रिय मनीष बादल,

तुम्हारी आने वाली पुस्तक "दो मिसरों में" की पाण्डुलिपि मिली। कुछ ग़ज़लें पढ़ीं। सभी पुस्तक मिलने के बाद पढ़ूँगा। आज के युवाओं को इतनी बेहतरीन शाइरी करते हुए देखना सुखद है। तुमने जिस तरह एक आम आदमी के मनोविज्ञान को समझते हुए शे'र कहे हैं, वो अद्भुत हैं। वास्तव में तुम्हारे शे'र "साहित्य समाज का दर्पण है" को चरितार्थ करते हैं। माँ-पिता पर कहे शे'र हों या बच्चों पर कहे शे'र हों या दोस्तों पर कहे शे'र हों, तुमने रिश्तों को एक अलग ही नज़रिये से देखते हुए अलग तरह से शे'र कहें हैं जो मन में उतरते हैं। तुम्हारी अलग तरह की सोच और उसको शाइरी के फॉर्मेट में सटीक उतारना मुझे बहुत प्रभावित किया है। ये शे'र कितना अच्छा हुआ -

मन भर कर श्रद्धा है इसमें, भर-भर कर होता विश्वास
वर्ना ये मन्नत के धागे, बस धागे ही होते हैं

इसी तरह हर पिता की बात को तुमने बहुत ही ख़ूबसूरती से इस शे'र में कहा है -

पढ़-लिख कर बेटी अधिकारी बन जाये तो बन जाये
पापा चिंता की गठरी सिर पर लादे ही होते हैं

कहीं-कहीं पर तुम्हारे दार्शनिक अंदाज़ ने मुझे बहुत चौकाया है। जैसे ये शे'र दिल में उतर गया -

जिस्मों में जुम्बिश होती, साँसों की आवाजाही है
मतलब ज़िन्दा होने की ये पुख़्ता एक गवाही है

कुछ और शे'र और उसमें प्रयोग हुए शब्द जो शायद पहली बार ही प्रयोग हुए होंगे -

हम कहाँ कहते हैं तुमसे नोटरी से लिख के दो
हम तो क़समें प्यार की केवल ज़ुबानी माँगते

यहाँ 'नोटरी' शब्द शाइरी में बहुर्त ख़ूबसूरती से आया है।

इसी ग़ज़ल का एक और शे'र बहुत आला दर्ज़े का लगा जिसमें एक लाचार ग़रीब के मन के भाव को तुमने बहुत अच्छे से कहा -

हमको काँटे ही मिले इमदाद में 'बादल' यहाँ,
माँगने की छूट होती रातरानी माँगते

सभी शे'रों के ज़िक्र करना संभव नहीं है पर पढ़ते-पढ़ते बहुत-सी जगहों पर मैं चौंक गया। एक और शे'र याद आ रहा है -

बात लड़की देखने की वो ये कहकर टालता
कौन-सा कोई पर-ए-सुर्खाब मेरे पास है

वाह, कितने अलाहिदा तरीके से तुम आज के पढ़े-लिखे लड़कों के बदलते हुए सोच को बतला रहे हो।

मेरी अनंत शुभकामनाएं तुम्हारे साथ हैं। मैं ग़ज़ल के व्याकरण का तो बहुत जानकार नहीं हूँ पर मुझे ये कहने में तनिक भी संकोच नहीं है कि मन को छूने वाला लिखते हो और बहुत शीघ्र ही तुम्हारी गिनती देश के श्रेष्ठ ग़ज़लकारों में होने जा रही है।

शुभाशीष

—सुरेंद्र शर्मा
(हास्य कवि), नई दिल्ली

एक अदीब की सभी ख़ुसूसियत वाला शायर

आजकल हमारी नौजवान नस्ल बहुत उम्दा शे'र, ग़ज़लें कह रही है, इससे ये साबित होता है कि हमारा अदब, ये शायरी हमेशा ज़िंदा थी, है और रहेगी। कुछ साल पहले मेरी मुलाक़ात अपने छोटे भाई मनीष श्रीवास्तव बादल से हुई और बातों-बातों में उनसे शे'रो-शायरी पर गुफ़्तगू हुई। कुछ शे'र सुने तो अंदाज़ा हुआ कि मनीष जितने अच्छे इंसान हैं उतने ही अच्छे शायर भी हैं। इस पीढ़ी से जहाँ एक तरफ़ बेहतरीन ग़ज़लें सुनने को मिल रही हैं वहीं दूसरी तरफ़ कुछ लोग शायरी के तौर-तरीक़ो, बारीकियों, अरूज़ को नज़र-अंदाज़ करते हुए ख़ुद को बड़ा शायर बताने मे गुरेज़ नही करते हैं। मगर मनीष का हर शे'र, मुक्तक, दोहा पूरे अरूज़ के साथ है। उनका तहत और तरन्नुम दोनों तरह से पढ़ना उनकी रचनाओं, शायरी में चार चाँद लगा देते हैं।

बहुत-सी बातों के बीच जब मनीष ने बताया कि उनके गुरु मक़बूल शायर जनाब ज़हीर कुरेशी जी हैं तो उसके बाद तो मनीष की शख़्सियत पर शक़ करना दूर की बात थी।

मनीष ने जब ये ग़ज़ल तरन्नुम से सुनाई -

नफ़रतों को काटती है, उल्फ़तों की धार बस
प्यार करिए प्यार करिए, प्यार करिए प्यास बस

तो मतले से मक़्ते तक प्रभावित किया। ख़ास बात इनका तरन्नुम जितना मनहर था उतना ही साफ़-सुधरा तलफ़्फ़ुज़ भी, मतलब एक अच्छे शायर, फ़नकार, एक अदीब की सभी ख़ुसूसियत मनीष में नज़र आ रही थी।

अभी कुछ दिन पहले जब मनीष ने बताया कि मध्यप्रदेश साहित्य अकादमी ने उनकी ग़ज़लों को पहली पुस्तक के प्रकाशन हेतु अनुदान के लिए चुना है तो मुझे ख़ुशी हुई, मैंने मुबारकबाद दी। पर जब मनीष ने अपनी अस्सी ग़ज़लों का

पीडीएफ मुझे भेजा और इनके बारे में मेरे विचार लिखित रूप में माँगे तो समय की दिक़्क़त सामने आने लगी। पर जब थोड़ा समय निकालकर पढ़ना शुरू किया तो लगा कि कुछ अच्छा पढ़ने को मिल रहा है और दिलचस्पी बढ़ती गई।

ये देखकर मुझे अच्छा लगा कि ग़ज़ल को भाषा विशेष में न बाँधकर मनीष का हर शे'र हमारी तहज़ीब हिंदुस्तानी ज़बान बोल रहा था। वो अपनी ग़ज़लों में अपने एहसास, विचार को ज़्यादा अहमियत देते नज़र आते हैं और अपनी शायरी में उसे हू-ब-हू लाने के लिए पुरज़ोर कोशिश करते है। इसके लिए वो हिंदी, उर्दू और कभी-कभी तो अंग्रेज़ी के शब्दों का सटीक इस्तेमाल करते हैं और शे'र के मफ़्हूम के साथ इंसाफ़ करते हैं-

ये शे'र मुलाहिज़ा हो -

मेरी फ़ाइल आपकी टेबल पे स्वीकृति को रखी
बात मैंने डाल दी है आपके संज्ञान में

यहाँ देखिए शुद्ध हिंदी "स्वीकृति" और "संज्ञान" के साथ अंग्रेज़ी के शब्द 'फ़ाइल' और 'टेबल' का इतना सटीक प्रयोग हुआ है कि ये शब्द भी हिंदी जैसे ही दिख रहे हैं। इस प्रतीकात्मक रूप से कहे गए शे'र से मनीष ने मुहब्बत का क्या ख़ूब प्रस्ताव रखा है।

उर्दू के शब्द लिए हुए एक और शानदार शे'र देखिए -

दर्दे-दिल मैंने छिपाकर इक ज़रा क्या हँस दिया
वो ये समझे दिल कोई नायाब मेरे पास है

मनीष एक जागरूक शायर हैं जो समाज में हो रही हलचल को बड़ी बारीकी से देखते हुए और किसी का नाम लिए बग़ैर क्या ख़ूब पैग़ाम देते हैं, वाह -

अगर मेहनत करे इंसाँ सुकूँ की नींद आती है
कभी कोसा नहीं करता वो भजनों को अज़ानों को

मुझे ऐसा महसूस होता है कि मनीष ने अपने शे'रों के माध्यम से बता दिया है कि वो हर एक मुद्दे को दिलो-दिमाग़ से महसूस करके ही शे'र कहते हैं। उनकी ग़ज़लों में तंज भी है, सीधी-सीधी बात भी है। सहज-सरल तरीके से अपनी बात को कह लेना उनकी ख़ासियत में रच-बस गया है। मनीष की पहली ही किताब "दो

मिसरों में" पाठकों पर अपनी छाप छोड़ेंगी ऐसा मेरा विश्वास है, मेरी शुभकामनाएँ हैं। अल्लाह आगे और भी इज़्ज़त, शोहरत, क़ामयाबी मनीष को, मनीष की शायरी को नसीब करे... आमीन!!

—अंजुम रहबर
भोपाल, म.प्र.

संभावनाओं से भरी बेहतरीन ग़ज़लें

हिंदी ग़ज़ल का आज अपना ख़ूबसूरत और स्पष्ट चेहरा है। इसकी अपनी अस्मिता है, पहचान है और ख़ूबियाँ हैं। यह ख़ूबियाँ अंतर्वस्तु और रूप दोनों ही स्तरों पर हैं। इसे इस मुक़ाम तक लाने में उर्दू के महान शायरों से लेकर दुष्यंत कुमार और उनकी पीढ़ी के तथा बाद के अनेक महत्वपूर्ण ग़ज़लकारों की उल्लेखनीय महत्वपूर्ण भूमिका रही है। नई ग़ज़ल के जिन नौजवान शायरों ने हिंदी ग़ज़ल का परचम बहुत मजबूती और सलीके से थाम रखा है उनमें मनीष बादल का नाम उल्लेखनीय है। उनके पास नए दौर की समझ भी है, नई संवेदना भी है, देश-दुनिया का विस्तृत ज्ञान भी है और कहने का सलीक़ा भी है। श्रेष्ठ ग़ज़लकार ज़हीर कुरेशी का सानिध्य भी उन्हें सुलभ रहा है। मनीष बादल की ग़ज़लों का संसार बड़ा है। इसमें हमारे युग की चुनौतियाँ भी हैं, सामाजिक यथार्थ की अनेकानेक परतें भी हैं, राजनीतिक छल-छद्म और विकृतियाँ भी हैं, निजी प्रेमानुभव और रागात्मक संबंधों का कोमल स्पर्श भी है, प्रकृति और पर्यावरण की चिंताएं भी हैं और तमाम सारी मुश्किलों का सामना करते हुए उनसे निकलने के रास्ते भी हैं। ग़ज़ल का हर शे'र अपने आप में एक पूर्ण इकाई होता है जिसमें एक बड़ी बात को बहुत कम शब्दों में कह लिया जाता है। यह हुनर मनीष की ग़ज़लों में ख़ूब दिखाई देता है। इस दृष्टि से सरकारों के कोरे आश्वासनों और संसाधनों के बंदरबाँट पर यह शे'र देखें -

फ़ाइलों में ही बँटते रहे अन्न, और
सब ग़रीबों को मिलते निवाले रहे

हमारे दौर के बच्चे समय से पहले ही बहुत समझदार हो जा रहे हैं। सोशल मीडिया और अन्य साधन उन्हें कार्बाइड से पके फलों की तरह बहुत जल्द पका दे रहे हैं। ऐसे में बच्चों में सहज भोलापन दिखे तो अच्छा भी लगता है और चिंता भी होती है -

मेरे बढ़ते हुए बच्चों में भोलापन अभी तक है
मुझे चिंता इसी की है, इसी पर नाज़ भी होता

वैज्ञानिक समझ और समय व समाज का उचित ज्ञान होने से समस्याओं के बीच से नए-नए रास्ते निकलते हैं, कोई चश्मा निकलता है और कोई किरण फूट पड़ती है। इस बात को हम मनीष बादल के इन शे'रों में देख सकते हैं -

ख़यालों के बदलने से भी होती हैं नई सुब्हें
फ़क़त सूरज निकलने से सवेरा तो नहीं होता
मैं देखूँ ख़्वाब रौशन से करूँ जब बन्द आँखों को
हमेशा बन्द आँखों में अँधेरा तो नहीं होता

प्रेम एक ऐसा भाव है जो हर ज़िंदादिल इंसान के भीतर पैदा होता है और सतत् बना रहता है। यह ऐसा राग है जो हर दिल के साज पर एक बार बजता अवश्य है। हमारे साहित्य का समूचा मध्य काल इसी प्रेम से आच्छादित है। यही प्रेम जब ईश्वरोन्मुख होता है, भक्ति बन जाता है। मनीष बादल की ग़ज़लों में यह प्रेम-राग भी बड़ा सबल है -

नफ़रतों को काटती हैं उल्फ़तों कि धार बस
प्यार करिए प्यार करिए, प्यार करिए प्यार बस
उनके जीवन में फ़क़त इतना दख़ल मेरा रहे
उनकी नैया गर डिगे तो मैं बनूँ पतवार बस

इस दौर मे जहाँ एक तरफ़ तमाम नालायक़ संतानों द्वारा माता-पिता की उपेक्षा करने और उन्हें जबरन वृद्धाश्रम में भेजने की ख़बरें देखी और सुनी जा रही हैं, वही तमाम लायक औलादें उनकी सेवा में ख़ुद को पूरी तरह समर्पित कर रही हैं। इस दृष्टि से यह शे'र बहुत प्यारा है -

पिता-माता की सेवा में हुआ अक्सर है ऐसा भी
कि बेटे की ही 'बी पी' की दवाई छूट जाती है

मनीष बादल की ग़ज़लों की दुनिया बड़ी है। उनके विषयों का वैविध्य है और कथ्य के अनुरूप शिल्प भी उनके पास है। अभी उन्हें और भी बहुत कुछ और बेहतर करना, रचना है। वह संभावनाओं से भरे रचनाकार हैं। मुझे विश्वास है

कि उनका यह संग्रह "दो मिसरों में" पाठकों द्वारा पढ़ा, सराहा जाएगा और उन्हें यशस्वी बनाएगा। शुभमस्तु।

—प्रो. वशिष्ठ अनूप, हिंदी विभाग,
बनारस हिंदू विश्वविद्यालय,
वाराणसी

हमारी भावनाओं को स्पर्श करती ग़ज़लें

यह एक निर्विवाद सत्य है कि हिंदी कविता के वर्तमान परिदृश्य में ग़ज़ल सबसे लोकप्रिय एवं महत्वपूर्ण विधा है। कविता का कोई भी आयोजन, चाहे वह सभागार में हो अथवा ऑनलाइन, अधिकांश कवि ग़ज़ल पाठ करते मिलेंगे। इसी प्रकार कोई भी पत्रिका हो उसने ग़ज़ल विशेषांक अवश्य प्रकाशित किया है। हाँ, एक समय वह भी था जब हिंदी ग़ज़ल अपनी पहचान को सुदृढ़ कर रही थी तब कुछ साहित्यिक पत्रिकाएँ ग़ज़ल न भेजने की विज्ञप्ति निकालते थे। दुष्यंत कुमार ने ग़ज़ल को आपातकाल के भयावह दौर में करोड़ों भारतीयों की आवाज़ बनाई थी। हुस्न, इश्क़, ज़ुल्फ़, गाल के तिल, अँगड़ाई, शबाब, जामो-मीना के संकीर्ण दायरे में सीमित ग़ज़ल को आम आदमी के दुःख-दर्द, संघर्ष से जोड़ा था। जिस हिंदी ग़ज़ल में अनेक महान कवियों, जिसमें भारतेंदु हरिश्चंद्र और निराला से लेकर शमशेर बहादुर सिंह तक शामिल रहे, ने रचनाकर्म तो किया था, किंतु उसे अलग पहचान न दिला सके, उसी हिंदी ग़ज़ल को दुष्यंत ने एक नए स्वरूप में स्थापित कर दिया था जिससे ग़ज़ल का आकाश बहुत व्यापक हो गया। फिर तो कुछ अपवादों को छोड़कर लगभग सभी गीतकारों ने हिंदी ग़ज़ल को अपना लिया और चार दशकों में हिंदी ग़ज़ल ने अपनी उपलब्धियों के ऐतिहासिक कीर्तिमान स्थापित कर दिए। सैकड़ों रचनाकारों के संग्रहों में, दर्जनों पी एच डी में, एम फिल में, विश्वविद्यालयों के पाठ्यक्रमों में, साहित्यिक अकादमी के संचयन, प्रकाशन में अंतर्राष्ट्रीय मुशायरों आदि में हिंदी ग़ज़ल ने अपनी उपस्थिति दर्ज की है। ग़ज़ल का कारवाँ निरंतर बढ़ता ही जा रहा है। इसी कारवाँ में अपने पहले ग़ज़ल संग्रह "दो मिसरों में" के माध्यम से शामिल हो रहे हैं मनीष बादल जिनकी ग़ज़लें नामचीन पत्र-पत्रिकाओं में प्रकाशित होती रही हैं और रेडियो, दूरदर्शन से काव्य प्रेमियों तक पहुँची हैं। मनीष के पास ग़ज़ल कहने का वह कौशल, वह लहज़ा है जो ग़ज़ल को अनूठी काव्य विधा बनाता है –

"ज़िन्दगी के शे'र से 'बादल' तग़ज़्ज़ुल गुम हुआ
वाहवाही झूठ-सी ये ज़िन्दगानी हो गई"

किसी भी ग़ज़ल संग्रह को परखने का सबसे आसान तरीका है कि उसमें पाठक को कितने ऐसे शे'र मिलते हैं जिन्हें वह नोट करना चाहे, जो उसको प्रेरित करें, उसका हौसला बढ़ायें, जीवन के लिए उपयोगी सलाह दें...। मनीष बादल का ग़ज़ल संग्रह "दो मिसरों में" पाठकों को निराश नहीं करेगा, उसमे शे'र मिलेंगे जिन्हें पाठक नोट करना चाहेंगे। ऐसे शे'र जो प्रेरणा दें -

"चमकना है तो हीरा बन अँधेरों में ज़रा चमको
फ़क़त टूटा हुआ शीशा ही धूपों में चमकता है"

सकारात्मक सोच से भरे शे'र भी पाठकों को एक सही दृष्टिकोण प्रदान करते हैं -

"ख़यालों के बदलने से भी होती हैं नई सुब्हें
फ़क़त सूरज निकलने से सवेरा तो नहीं होता"

"मैं देखूँ ख़्वाब रौशन से, करूँ जब बंद आँखों को
हमेशा बंद आँखों मे अँधेरा तो नहीं होता"

इसी प्रकार अनेक शे'रों में बड़े उपयोगी मशविरे भी मिलते हैं -

"गुरूर तुमको अगर आ गया उड़ानों का
कटी पतंग-सा वो फिर गिरा भी देता है"

दुष्यंत कुमार की ग़ज़लों ने सामाजिक सरोकारों को स्वर दिया था। अब ग़ज़ल निरंतर आम आदमी के जीवन से जुड़ती गई है। मनीष बादल की ग़ज़लों में भी आम आदमी के जीवन की अनेकानेक छवियाँ उभर कर आती हैं -

वो आलीशान होटल को यक़ीनन मुँह चिढ़ाती है
उबलते चाय की ख़ुश्बू जो उस ढाबे से आती है

घर-परिवार, रिश्ते-नाते, रिश्तों की गर्माहट और रिश्तों की टूटन भी, वर्तमान पारिवारिक जीवन के विविध दृश्य पाठक को बहुत अपने से महसूस होते हैं -

"मैं ऑफ़िस की सभी टेंशन-थकन सब भूल जाता हूँ
कि' इक पुचकार पर बिटिया मेरी जब खिलखिलाती है"

यहाँ 'ऑफ़िस' और 'टेंशन' जैसे अंग्रेज़ी शब्द बहुत स्वाभाविक रूप से आये हैं, यह ग़ज़ल के बदले हुए स्वरूप का परिचायक है जहाँ भाषाई दीवारें टूट चुकी हैं चाहे वह उर्दू ग़ज़ल हो या हिंदी ग़ज़ल हो।

मनीष बादल की ग़ज़लों में वर्तमान समय की विसंगतियाँ, पीड़ाएँ, विडम्बनाएँ भी ख़ूब चित्रित हुई हैं और वे संग्रह को वर्तमान दौर में प्रासंगिक और महत्वपूर्ण बनाती हैं -

"दौरे-हाज़िर में पढ़-लिख कर घर मे ख़ाली बैठा है
वो आँखों मे चुभता भी है, वो आँखों का तारा भी"

इस शे'र में बेरोज़गारी का दर्द है किंतु 'आँखों का तारा भी' इस दर्द को और प्रभावी बनाता है, साथ ही ग़ज़ल कहने का सलीक़ा भी बरक़रार है।

वर्तमान समय मे जब संवेदनहीनता, अमानवीयता निरन्तर पाँव पसारती जा रही है, मनीष बादल के गहरी संवेदना सहेजे शे'र हमारी भावनाओं को स्पर्श करते हैं -

"पर कटे पंछी का यारो हौसला तो देखिए
उड़ नहीं पाता है लेकिन फड़फड़ाता है बहुत"

"कर्ज़ औ' ग़रीबी हैं उसके साथ पहले से
सोच-सोच मरता वो, बेटी भी सयानी है"

मनीष बादल की ग़ज़लें अनेकानेक विषयों, दृश्यों, छवियों, स्थितियों, अनुभूतियों, अनुभवों को विविध रूपों से स्वर देती हैं। हिंदी ग़ज़ल का सबसे बड़ा योगदान भी यही है कि उसने ग़ज़ल के दायरे को असीमित विस्तार दिया है। नए रदीफ़ों, नई उपमाओं, नए बिम्बों, नई कहन से सजी इन ग़ज़लों का संग्रह मनीष बादल को एक ज़िम्मेदार ग़ज़लकार में रूप में पहचान एवं प्रतिष्ठा देगा और वे ग़ज़ल की मशाल को बहुत दूर और बहुत ऊँचा लेकर जाएंगे, ऐसी अपेक्षा है।

अनंत शुभकामनाएँ...

—लक्ष्मी शंकर बाजपेई
नई दिल्ली

इन ग़ज़लों का स्वागत होगा

पारंपरिक रूप में ग़ज़ल एक नाज़ुक विधा है जिसमें इश्क़, शिकायत, दर्द जैसे भाव प्रमुख होते थे। हिन्दी में दुष्यन्त कुमार के बाद एक क्रांतिकारी बदलाव आया और ग़ज़ल की एक नई पहचान बनी। देवनागरी लिपि में लिखी जाने के बाद आहिस्ता-आहिस्ता ग़ज़ल में बोलचाल के सरल शब्द इस्तेमाल होने लगे। मुझे याद पड़ता है कि अर्पण कुमार और मीता पटेल ने जब मेरी ग़ज़लों की पहली सीडी रिकॉर्ड की तो उन्होंने उन्हीं ग़ज़लों को चुना जिनमें उर्दू के शब्द अधिक थे। अर्पण ने शिकायत भी की, "तेजेन्द्र जी आप अपनी ग़ज़लों में उर्दू के भारी भरकम लफ़्ज़ इस्तेमाल नहीं करते। वैसी ग़ज़लों को गाने में अधिक आनन्द की अनुभूति होती है।"

मुझे युवा पीढ़ी के ग़ज़लकारों ने हमेशा ही प्रभावित किया है। उनके पास कोई एजेण्डा नहीं है। वे अपनी ग़ज़लों में उन भावनाओं का चित्रण करते हैं जो उन्हें भीतर से महसूस होती हैं। ओढ़ी हुई विचारधारा का कोई दबाव नहीं होता। मैंने मनीष श्रीवास्तव, जिसने अपना तख़ल्लुस "बादल" रखा है, को एक ग़ज़लकार के रूप में परवान चढ़ते देखा है। उसके अशआर किस तरह पुख़्ता हुए हैं, उन्हें महसूस किया है। फ़ेसबुक और अन्य सोशल मीडिया के माध्यमों से ग़ज़लों को पढ़ा है और यूट्यूब पर सुना भी है। अपनी शायरी की सच्चाई के बारे में भी मनीष खुल कर बात करता है...

सीधी-सच्ची सोच है मेरी सीधे हैं सारे अशआर
दो और दो का जोड़ हमेशा चार लिखा करता हूँ मैं

मनीष को केवल साहित्य में ही नहीं अपने जीवन में भी लक्ष्य को साध कर चलने की चाह है। वह जीवन में भटकाव पसंद नही करता और एक-एक क़दम फूँक-फूँक कर रखता है...

> हर क़दम मैं फूँक कर बस इसलिए हूँ रख रहा
> इक कमी भी रह न जाये लक्ष्य के संधान में

जीवन और समाज के हर पहलू पर मनीष की निगाह रहती है। बहुत से प्रवासी भारतीयों से उसकी मित्रता भी है और प्रवासियों के माता-पिता से पहचान भी। वह उन माता-पिता से परिचित है जो अपने बच्चों की तरक़्क़ी पर ख़ुश तो हैं मगर मन ही मन उन्हें याद कर के आँखें गीली भी करते रहते हैं...

> 'बच्चे लंदन में हैं सेटल', फ़ख़्र से कहते पिता
> पर घिरे अंदर ही अंदर मोह के तूफ़ान में

अपने शहर और देश के हालात से भी मनीष भली-भाँति परिचित है। सिद्धांत और ईमानदारी से जीने वालों का संघर्ष उससे अछूता नहीं है। वह परेशान भी है कि इन्सान आहिस्ता-आहिस्ता बदल रहा है और ईमानदारी के प्रति उसके कमिटमेंट में कमी आ रही है...

> अभी ईमान से रोटी बहुत मुश्किल से मिलती है
> तभी फिसला वो अपने मूल से आहिस्ता-आहिस्ता

और हालात कुछ ऐसे भी हैं कि ग़रीब परिवार का बेटा घर की ज़रूरतों और बुज़ुर्गों की बीमारी और सेवा-शुश्रूषा में अपनी सेहत के बारे में पूरी तरह से ग़ाफ़िल हो जाता है...

> पिता-माता की सेवा में, हुआ अक्सर है ऐसा भी
> कि बेटे की ही 'बी पी' की दवाई छूट जाती है

कहा जाता है कि हर साहित्यकार सबसे पहले अपने आपको लिखता है और फिर अपने आसपास के समाज को। ज़ाहिर है कि मनीष भी उस प्रक्रिया से गुज़रा ही है। तभी तो वह कह उठता है...

> कहानी में यूँ डूबा मैं कि पन्नों पर थे मेरे अक्स
> कि' नायक उस कहानी का मेरे किरदार जैसा था

समाज में बेटियों के साथ हो रहे व्यवहार को लेकर भी मनीष क्षुब्ध है। उसे अपने से यह शिकायत भी है कि वह अभी तक बेटियों पर कुछ ख़ास क़लम नहीं चला पाया। उसे अपनी क़लम से भी कुछ शिकायत है कि उसमें अभी तक वो हर्फ़ पैदा नहीं हुए जो उसके भावों को सही अभिव्यक्ति दे सकें...

> मैं अब तक बेटियों पर इसलिए कुछ लिख नहीं पाया
> नहीं भावों को मेरे हू-ब-हू अल्फ़ाज़ मिलते हैं

यह मानना होगा कि मनीष को बहुत जल्दी समझ में आ गया है कि ग़ज़ल जल्दबाज़ी में लिखने वाली विधा नहीं है। उसके लिये ठहराव की ज़रूरत है और चाहिये मेहनत, मशक़्क़त और विधा की समझ। जो लोग हर रोज़ ग़ज़ल लिखने का दावा करते हैं, उनके लिये मनीष ने एक मीठी-सी चेतावनी दी है...

> अब समझ आयीं उसे ग़ज़लों की सब बारीकियाँ
> अब वो ग़ज़लें कम कहे है, साल में दो-चार बस

मुझे पूरा विश्वास है कि मनीष की ये ग़ज़लें बादलों की तरह आकाश में धीमे-धीमे उड़ते हुए ग़ज़ल चाहने वालों तक पहुंचेंगी। संग्रह, "दो मिसरों में" के इन ग़ज़लों का स्वागत होगा और इन पर खुल कर चर्चा भी होगी। मनीष के साथ-साथ उसके प्रकाशक को भी स्नेहाशीष।

—तेजेन्द्र शर्मा एम.बी.ई.
लंदन

हिंदुस्तानी भाषा का ग़ज़लकार, मनीष बादल

जब मनीष बादल ने आने वाली किताब "दो मिसरों में" की पाण्डुलिपि मुझे मेरे ऑफ़िस में लाकर दी तो मुझे बहुत अचरज इसलिए नहीं हुआ क्योंकि कुछ दिन पहले ही बातचीत के दौरान ये बात उन्होंने मुझे बता दी थी कि मध्यप्रदेश साहित्य अकादमी ने अनुदान के लिए उनकी ग़ज़लों का चयन किया है और उनको बहुत जल्दी ही किताब प्रकाशित करवानी होगी। इस उपलब्धि पर बादल को फिर से मुबारकबाद देता हूँ।

किताब की ग़ज़लों के बारे में बात यहाँ से शुरू करना चाहूँगा कि बादल ने अपने आप को किसी भाषा से बाँध कर नहीं रखा है, वे अपने नाम के अनुसार बादल जैसे ही स्वच्छन्द उड़ना चाहते हैं। वे बह्र और मीटर की डिमांड के अनुसार भाषा बंधन से ऊपर उठते हुए हिंदी या उर्दू और कहीं-कहीं अंग्रेज़ी के शब्दों का बख़ूबी इस्तेमाल करने से परहेज नहीं करते हैं। इस शे'र में ही देखिए, भरपूर उर्दू का प्रयोग हुआ है -

तुम्हारा ख़ैर-मक़्दम है अगर दो साथ जीवन भर
इनायत यूँ किसी की मौसमी अच्छी नहीं लगती

वहीं हिंदी के साथ अंग्रेज़ी के शब्दों को भी बख़ूबी लिया है -

मेरी फ़ाइल आपकी टेबल पे स्वीकृति को रखी
बात मैंने डाल दी है आपके संज्ञान में

ग़ज़ल में यही बात सबसे अच्छी है कि यह किसी भाषा मे न बँधकर ग़ज़ल और सिर्फ़ ग़ज़ल है। इसकी ख़ूबसूरती तभी निखर कर, उभर कर आती है। हाँलाकि, इस विषय में बादल अपने उस्ताद ज़हीर कुरेशी से थोड़े अलाहिदा मालूम होते हैं।

दरअसल, बादल को लगता है कि ग़ज़ल में जब कुछ उर्दू मिलाई जाय, ग़ज़ल तब और भी खिल जाती है, तभी वे कह उठते हैं -

किसी भाषा मे भी लिक्खूँ, ग़ज़ल की बस नक़ल लगती
मिलाता हूँ ज़रा उर्दू, ग़ज़ल तब ही ग़ज़ल लगती

मैं, बादल को कई वर्षों से जानता हूँ और श्रेष्ठ ग़ज़लकार ज़हीर कुरेशी की शागिर्दगी में उनके शिल्प पक्ष के साथ भाव पक्ष में भी बेहतरीन उठाव देखा है। उनके एक शे'र में जिसमें आज फैली बेरोज़गारी को बड़ी ही ख़ूबसूरती से बयाँ किया गया है, मुझे ख़ासा पसंद है। आप भी देखिए-

दौरे-हाज़िर में पढ़-लिख कर, घर में ख़ाली बैठा है
वो आँखों में चुभता भी है, वो आँखों का तारा भी

समाज मे फैले भ्रष्टाचार की बात भी वे बहुत व्यंगात्मक तरीके से करते हुए तीर निशाने पर मारते हैं -

फ़ाइलों में ही बँटते रहे अन्न, और
सब ग़रीबों को मिलते निवाले रहे

वादे करते रहे वो मचानों पे चढ़
आँख में हम सपन अपने पाले रहे

बादल के शे'र समाज को मुहब्बत का पैग़ाम देते हैं। वे जानते हैं कि आपसी भाईचारे से ही देश और दुनिया की तरक़्क़ी संभव है। तभी वे कहते हैं -

नफ़रतों को काटती है, उल्फ़तों की धार बस
प्यार करिए प्यार करिए, प्यार करिए प्यार बस

और

रंजिशें और साज़िशें उनको मुबारक, वो रखें
बस मुहब्बत से भरा 'आदाब' मेरे पास है

वैसे तो ये मनीष बादल की ये पहली किताब है, लेकिन बहुत तैयारी से आयी है। कहीं-कहीं पर बात को और बेहतर तरीके से कहने की गुंजाइश भी दिखती है।

कुल मिलाकर बादल के अंदर मुझे अपार संभावनाएं दिखाई देती हैं। आने वाले समय में और भी बेहतरीन अशआर इनकी क़लम से आएं, यही मेरी दुआएँ हैं, मेरी बहुत शुभकामनाएँ हैं...

—डॉ. अंजुम बाराबंकवी
भोपाल, म.प्र.

विचार और कथ्य के स्तर पर सजग ग़ज़लकार

मनीष की ग़ज़लों के व्याकरण या तकनीकी पक्ष पर लिखने का न तो मेरा इरादा है न ही क़ाबिलियत... पर इनसे गुज़रते हुए जो ख़ुशी और हैरानी मुझे हुई है उसे मैं ज़रूर दर्ज करना चाहूँगा। ख़ुशी इसलिए कि अभी कल की ही बात लगती है जब मनीष मुझसे मिलने आये थे और दुष्यंत जी के प्रति अगाध श्रद्धा प्रकट करते हुए उन्होंने कुछ रचनाएँ/ग़ज़लें सुनाईं थीं। मैंने बहुत ईमानदारी से उन्हें सुझाया था कि उन्हें किसी जानकार ग़ज़लकार से संपर्क करना चाहिए क्योंकि मेरी समझ से उन ग़ज़लों में बह्र, रदीफ़, क़ाफ़िया आदि की कमियाँ साफ़ दिख रहीं थीं। ग़ज़लों के प्रति उनकी दीवानगी मुझे आश्वस्त कर चुकी थी कि ये कुछ बड़ा करने के लिए कमर कस चुके हैं, पर इतनी जल्दी उस दिशा में ठोस क़दम उठा लेंगे, अपनी ग़ज़लों की किताब लाकर, ये मेरे लिए ख़ुशी का बायस है। हैरानी इसलिए कि इतने कम समय में इतनी ग़ज़लें कहने के ख़तरे वे भी समझते हैं क्योंकि बकौल उनके जो ग़ज़ल की बारीकियाँ समझ जाते हैं वे साल में दो-चार ग़ज़लें ही कह पाते हैं बस। तो क्या इन ग़ज़लों में अधिकांश वे हैं जिन्हें उनकी प्रारंभिक ग़ज़लें कहा जा सकता है और जिन्हें बाद में दुरुस्त किया/करवाया गया है। यदि ऐसा है तो विचार और कथ्य के स्तर पर वे शुरू से ही सजग रहे हैं, यह बात साफ़ हो जाती है क्योंकि इस्लाह यदि कैसे कहना है की सीमा पार करके क्या कहना है पर आ जाए तो फिर वह ग़ज़ल आपकी कहाँ रही। मनीष की सजगता, भाषा के उस स्तर पर भी साफ़ दिखाई देती है जब वे अपने भावों के लिए "हू-ब-हू अल्फ़ाज़" की तलाश में हिंदी-उर्दू में भेद नहीं करते और इस मायने में अपने उस्ताद स्व. ज़हीर कुरेशी से जुदा होते हुए भी उनको अपराध-बोध नहीं होता। ग़ज़लों की भाषा को लेकर किसी दुविधा में न रहना भी परिपक्वता की ही निशानी है।

तो, हमें इस नये शायर का स्वागत करना चाहिए जो अपने पहले संग्रह "दो मिसरों में" से ही अपनी अलग पहचान बनाने की उम्मीद जगाता है। इस संग्रह की ग़ज़लों के विषय-वैविध्य को देखकर लगता है कि समय के साथ इनके अनुभव-संसार, रचनात्मकता, राजनीतिक चेतना और सामाजिक संलग्नता का और स्पष्ट पता मिलेगा। रुचियों के इसी विस्तार ने जहाँ उन्हें कवि-कर्म के लिए उद्यत किया है, वही उन्हें कल कवि-धर्म के लिए प्रेरित कर एक ज़िम्मेदार ग़ज़ल-गो-शायर बनाएगा, मुझे पूरा विश्वास है।

मेरी शुभकामनाएँ...

—आलोक त्यागी
भोपाल, म.प्र.

अपनी बात

शब्द नए नित गढ़ सकूँ, भाव मिले आकार।
वरदहस्त हो अक्षरा, स्वप्न करूँ साकार।।

ग़ज़ल के अरूज़ (छंद-शास्त्र) को खोये बिना अपनी निजी और दुनियावी संवेदनाओं और अनुभवों को "दो मिसरों में" में कहने की कोशिश ही मेरी ग़ज़लों का मूल मंतव्य है। मेरी ग़ज़लें समय के साथ मेरा संवाद है और इस प्रक्रिया में मैंने परम्परा, प्रयोग और प्रगति के आँचल को कसकर पकड़े रहने की कोशिश की है।

शाइरी और ग़ज़लों की ओर मेरा रुझान तो बचपन से ही था और कहता भी रहा। पर सच कहूँ तो उस ज़माने में सुनता और पढ़ता कम ही था। कुछ दोस्तों ने जब कहा कि "तुम्हारी कुछ ग़ज़लें दुष्यंत कुमार की याद दिलाती हैं" तब दुष्यंत कुमार की ग़ज़लों के प्रति मन मे एक तीव्र उत्कंठा-सी बन गयी। बाद में इन्हीं दोस्तों ने मुझे दुष्यंत कुमार की कुछ ग़ज़लें उपलब्ध करवायीं। उनकी ग़ज़लों की बेचैनी, ताप, ऊर्जा का किंचित अंश मैंने अपने भीतर भी पाया। उनकी ग़ज़लों ने ही पहली बार सही मायने में शे'र के दो मिसरों की ताक़त से मेरा परिचय कराया। मैं हृदय से उन्हें अपना प्रेरणास्रोत मानकर ग़ज़ल पढ़ने और लिखने लगा। मैं अपने प्रारंभिक गुरु का स्थान दुष्यंत कुमार की उन चंद ग़ज़लों को ही देता हूँ और उन्हें सादर नमन करता हूँ। लिखने-पढ़ने के इसी दौर में मैंने अनुभव किया कि -

गुरु बिन ज्ञान न उपजई, गुरु बिन मिले न मोष।
गुरु बिन लखै न सत्य को, गुरु बिन मिटै न दोष।।

और दैव-योग से मेरे गृह-नगर बनारस में लगभग पचास वर्षों से साहित्य साधना में रमें तपस्वी स्वरूप बुज़ुर्ग शायर मेयार सनेही का शिष्यत्व प्राप्त हुआ। उनके सानिध्य में ग़ज़ल के छंद-शास्त्र (इल्मे-अरूज़) को सीखना वट-वृक्ष की छाया सदृश लगा। ग़ज़ल का प्रारंभिक ज्ञान मैंने उनसे ही लिया है। बाद में नौकरी में

स्थानांतरण के तारतम्य में 2009 में मध्यप्रदेश की राजधानी भोपाल आना हुआ और मुझे देश के सर्वश्रेष्ठ ग़ज़लकारों में शुमार आदरणीय ज़हीर कुरेशी साहब का सानिध्य प्राप्त हुआ जिनके पास मेरे गुरु मेयार सनेही साहब ने ही अपना स्वयं का संदर्भ देकर भेजा था। गुरु ज़हीर कुरेशी से विधिवत रूप से ग़ज़ल के छंद-शास्त्र में दीक्षित होने का सुअवसर मिला। हाँलाकि इसी दौरान मेरे दोनों गुरु परमपिता परमेश्वर की चरणों स्थान पा गए। पहले मेयार सनेही साहब 15 जनवरी 2021 को 86 वर्ष पूरे करने के बाद बीमारी से फिर कुछ ही महीने बाद ज़हीर कुरेशी साहब 20 अप्रैल 2021 को 71 वर्ष में कोरोना के कारण। मैं अपने गुरु द्वय के प्रति श्रद्धावनत हूँ और उन्हें नमन करता हूँ। मैं इसे ईश्वरीय अनुकंपा ही मानता हूँ कि मुझे मेरे दोनों गुरुओं से न केवल ग़ज़ल ज्ञान मिला बल्कि उनका अपार स्नेह और आशीर्वाद भी मिला जिसके बलबूते ही मैं आप सुधि पाठकों के समक्ष "दो मिसरे" कहने की क्षमता और साहस अर्जित कर पा रहा हूँ।

मैंने अपनी ग़ज़लें आम हिंदुस्तानी भाषा में कही हैं क्योंकि देश की आम-फ़हम भाषा न तो शुद्ध हिंदी है और न ही शुद्ध उर्दू बल्कि वह हिंदुस्तानी ही है और मेरा मानना है कि आम हिंदुस्तानी की भाषा हर उस भाषा से ज़्यादा प्रभावशाली है जिसे भाषाविदों ने शुद्ध भाषा के नाम पर किताबों में जड़ दिया है। मेरे शे'रों के असल भाव सबसे पिछली पंक्ति में बैठे व्यक्ति या आयु में सबसे छोटा श्रोता या पाठक तक पहुँचे, ये ही मेरी ग़ज़लों की सार्थकता है। मेरा कहने का आशय यह है कि हिंदी ग़ज़ल और उर्दू ग़ज़ल से परे सिर्फ़ ग़ज़ल की तरफ़दारी करने का मेरा प्रयास रहा है। जैसा कि बहुत से वरिष्ठ ग़ज़लकारों ने कहा है, मैं भी इसका समर्थन करता हूँ कि काव्य की इस ख़ूबसूरत विधा की सबसे ज़रूरी शर्त यह है कि ग़ज़ल सबसे पहले ग़ज़ल होनी चाहिए, उसके बाद ही हिंदी ग़ज़ल या उर्दू ग़ज़ल या कुछ और।

हिंदुस्तानी भाषा की ग़ज़ल, उर्दू ग़ज़ल के सभी व्याकरण को मानती है और पूरी ईमानदारी से उनका पालन भी करती है। उर्दू के आम बोलचाल के शब्द जो हिन्दी में पूरी तरह घुल-मिल गए हैं, उनका प्रयोग भी धड़ल्ले से करती है। मैंने यहाँ पर कुछ और छूट लेते हुए कुछ और उर्दू शब्दों का प्रयोग कर लिया है जैसे मुसलसल, मुकम्मल, मेयार, अहबाब, शादाब आदि। साथ ही साथ उर्दू के शब्द 'अक़्ल' को 'अक़ल' कहने में नहीं हिचका हूँ। इज़ाफ़त (दो शब्दों को जोड़कर लिखना, जैसे दरो-दीवार, पर-ए-सुर्खाब आदि) का प्रयोग भी बे-धड़क किया है।

दरअसल, ग़ज़ल के बारे में होने वाली इस प्रकार की तमाम बहसों और विमर्शों के बीच कथ्य और भाव की सर्वोपरिता की बात विस्मृत हो जाती है। इसका यह अर्थ कतई नहीं है कि अरूज़ या छंद-शास्त्र की अनदेखी का अधिकार मिल जाता है बल्कि इसका सीधा-सा अर्थ ये है कि ग़ज़ल-रचना के शिल्पगत अनुशासन के कारण यदि कथ्य पूर्णतः अभिव्यक्त नहीं हो पा रहा है और कोई विकल्प भी उपलब्ध नहीं है तो थोड़ी-बहुत छूट ली जा सकती है। ध्यान बस इतना रखना है कि शे'र बहर से ख़ारिज़ न हो अन्यथा उसकी गेयता व लयबद्धता बिगड़ जाएगी, जो ग़ज़ल में बिल्कुल मान्य नहीं है। यहाँ मैं यह स्वीकार करता हूँ कि मैंने अपनी ग़ज़लों में अंतर्वस्तु को सुरक्षित रखते हुए उसके शिल्प के अनुशासन का भरसक पालन करने की कोशिश की है किंतु यदा-कदा अपने भावाभिव्यक्ति को साधने के प्रयास में ग़ज़ल की शास्त्रीयता का थोड़ा निषेध भी किया है। किंतु इससे मेरी ग़ज़लों को नई जान और नई अर्थवत्ता की ही प्राप्ति हुई है, ऐसा मेरा विचार है।

ग़ज़ल लिखने, सुनने, पढ़ने और गुनने से लेकर आज मेरी प्रथम ग़ज़ल संग्रह "दो मिसरों में" को प्रकाशित होने तक की यात्रा में जिन्होंने मुझे सहयोग दिया उन सभी को मैं नतमस्तक होकर प्रणाम करता हूँ, हार्दिक आभार व्यक्त करता हूँ।

सर्वप्रथम मैं अम्मा-पापा को प्रणाम करता हूँ जिनका मार्गदर्शन मुझे बचपन से मिलता रहा है। उनके निरंतर आशीर्वाद, उत्तम स्वास्थ्य की कामना सदैव भगवान से करता हूँ। मेरी धर्म पत्नी डॉ. रीतू को धन्यवाद क्या दूँ पर बिना उनके साथ के शायद मैं ग़ज़ल को इतनी गंभीरता से न ले पाता। हमारी पहली वैवाहिक वर्षगाँठ पर इन्होंने ही मुझे दुष्यंत कुमार जी की पुस्तक 'साये में धूप' उपहार स्वरूप दी जिसे पढ़कर मेरा रुझान ग़ज़लों की तरफ़ और गहरा गया। मेरी दोनों बेटियाँ, शोख़ी और मासुमी मुझे हमेशा चिंतामुक्त रखती हैं जिससे मैं निःसंदेह लेखनी पर ध्यान दे पाता हूँ। छोटी बहन डॉ. भावना श्रीवास्तव जो स्वयं भी आजकल बहुत अच्छी ग़ज़लें कह रही हैं, ने मेरी ग़ज़लों की फ़ाइनल प्रूफ़ रीडिंग की और संशोधन कर मुझे इस जटिल काम से बचाकर रखा, उनको भी बहुत धन्यवाद प्रेषित करता हूँ। साथ ही परिवार के अन्य सभी अभिन्न सदस्यों, दोस्तों, साहित्यिक साथियों को हृदयतल से धन्यवाद देता हूँ जिनके स्नेह से हमेशा सकारात्मकता बनी रहती है जो अच्छे काव्य सृजन में सहायक होती है।

मैं मध्यप्रदेश साहित्य अकादमी, संस्कृति मंत्रालय, मध्यप्रदेश शासन एवं इससे संबंधित पदाधिकारियों को भी अंतस आभार, धन्यवाद प्रेषित करता हूँ, जिन्होंने मेरी ग़ज़लों को पसंद करते हुए अनुदान हेतु अनुमोदित किया।

अंत में मैं साहित्यिक पुस्तकों के प्रकाशन में देश के सर्वश्रेष्ठ प्रकाशकों में एक मंजुल प्रकाशन को और इससे जुड़े तमाम पदाधिकारियों को हृदयतल से धन्यवाद देता हूँ जिन्होंने एक लम्बी प्रक्रिया से गुज़रते हुए मेरी ग़ज़लों का चयन किया और बहुत ही कम समय में इस पुस्तक को प्रकाशित कर असंभव को संभव कर दिखाया।

—मनीष बादल,
भोपाल, म.प्र.

अनुक्रम

1. दरो-दीवार चुनने से ही डेरा तो नहीं होता — 37
2. वो जो ख़ार अभी दिखता है इन रंगीन बहारों में — 38
3. मेरे दर पर सभी ज़ख़्मों की सिलाई होती — 39
4. किसी भाषा मे भी लिक्खूँ, ग़ज़ल की बस नक़ल लगती — 40
5. इसी इक बात पर कुछ लोग बस नाराज़ मिलते हैं — 41
6. उदासी और हरदम की ग़मी अच्छी नहीं लगती — 42
7. इक पहेली-सी दिखे है आपकी मुस्कान में — 43
8. तभी छोटे से बच्चे की रुलाई छूट जाती है — 44
9. झूठ का अवगुण छिपा है बँट रहे सम्मान में — 45
10. मैंने पूछे हैं सवालात, ख़ुदा ख़ैर करे — 46
11. मकाने-जिस्म के अंदर किरायेदार जैसा था — 47
12. आँख में जब तलक अपने जाले रहे — 48
13. सँभल कर राह चलना तुम, ज़माना साथ है तो क्या — 49
14. नफ़रतों को काटती है उल्फ़तों की धार बस — 50
15. चारागर भी दिखता है वो और कभी बेचारा भी — 51
16. बे-बहर-सी ज़िन्दगी पर बद-गुमानी हो गई — 52
17. दिया है दर्द अगर वो दवा भी देता है — 53
18. ख़िज़ाँ ने की है यारी शूल से आहिस्ता-आहिस्ता — 54
19. बहार खोजा किये यहाँ क्यों, ख़िज़ाँ का मौसम अभी इधर है — 55

20.	दो मिसरों में इस जीवन का सार लिखा करता हूँ मैं	56
21.	आज के माहौल में भी हिचकिचाता है बहुत	57
22.	नहीं है कोई शिकायत नहीं गिले मुझको	58
23.	दौरे-हाज़िर में वो इंसाँ जो यहाँ बिकता नहीं	59
24.	रात भर टिकी रहतीं, नज़रें चाँद-तारों पर	60
25.	लो किये इज़हार, उल्फ़त का दिए पैग़ाम हम	61
26.	चाशनी-सी बात पर तुम यूँ नहीं फिसला करो	62
27.	जिस्मों में जुम्बिश होती, साँसों की आवाजाही है	63
28.	वो चुप बैठा तो लगते हैं उस पर ही इल्ज़ाम बहुत	64
29.	कभी मिट्टी को रौंदा वो कभी गुल को मसलता है	65
30.	वो गहरी नींद सोते हैं लगा कुंडी मकानों को	66
31.	जब लगा उसको कि उसके ख़्वाब उससे दूर हैं	67
32.	खनकती रहती हैं सुरमयी-सी, तुम्हारी बातों में रागिनी है	68
33.	आँख से ज़्यादा भरोसा जब हुआ है कान पर	69
34.	प्यार के बदले दिए ग़म, शुक्रिया जी शुक्रिया	70
35.	दौलत मैं क्यों कमा रहा जज़्बात बेचकर	71
36.	बताओ फिर वही गुज़रे ज़माने क्यों नहीं आते	72
37.	जुबाँ करती शरम, उन नज़रों में अल्फ़ाज़ इतने हैं	73
38.	बिना जज़्बात के इसकी शकल अच्छी नहीं होती	74
39.	बता पंखों को अपने मैं भला परवाज़ कैसे दूँ	75
40.	हमेशा जीत कर ही तो फ़रिश्ता जंग हारा है	76
41.	शूल को फूल भी छल रहे आजकल	77
42.	मुझसे आँख मिलाते ही तुम घबराने क्यों लगते हो	78
43.	हो आग़ाज़ सही तब भी अंजाम रहे है संशय में	79
44.	पहुँचा तो है मेरी वो कहानी के आस-पास	80
45.	गिर के खुद को सँभाल लेते हैं	81
46.	ज़माने के जो पी ले विष उसे शंकर मैं लिखता हूँ	82
47.	माना अभी किसी का सहारा नहीं है वो	83

48. ज़्यादा पाने की चाहत में, ग़म की मारी हो गई	84
49. स्वयं से दोस्ती कर ली, स्वयं से दुश्मनी कर ली	85
50. गेंदे के वो पीले गुल तो, मरते दम तक पीले थे	86
51. ज़मीं के मंच पर हम हैं जमूरे, वो मदारी है	87
52. वो आलीशान होटल को यक़ीनन मुँह चिढ़ाती है	88
53. चलें जो सत्य पर अक्सर वही बस हार जाते हैं	89
54. सुनूँ जब अक़्ल की तो फिर मेरा दिल रूठ जाता है	90
55. सखी पिया से लड़ाऊँ नयना, जिया ये धक-धक करे लगत है	91
56. जब-जब भी हमने पाली हैं ख़्वाहिशें ज़ियादा	92
57. दिखें चेहरे पे ख़ुशियाँ बस, यही अरमान बाक़ी है	93
58. चुप रहो कुछ भी न बोलो, क्या कहेंगे चार लोग	94
59. दिल की ही सुनते रहे, तोड़े किसी का दिल नहीं	95
60. हमने अपने जीवन मे बस, इतना ही सामाँ रक्खा	96
61. तूफाँ से वो अगर कभी दो-चार हो गया	97
62. खो के जलपरियाँ समुन्दर, अब बेचारा हो गया	98
63. जो तजरबे से न सीखा वो फिसलता रह गया	99
64. रात-दिन तुम्हारे घर की फ़िज़ाँ सुहानी है	100
65. वो फूल बन गया तो कभी ख़ार बन गया	101
66. पूजा जिसको देव समझकर वो तो बस पत्थर निकला	102
67. चीखते हैं वो फ़क़त सबकी नज़र के वास्ते	103
68. हम क्या उनसे कम अच्छे थे	104
69. फ़रिश्ता वो मेरी नज़रों में आख़िर क्यों खटकता है	105
70. लोग जो अक्सर बहुत ऊँचाई पर हैं आ गए	106
71. कभी ग़मगीन-सा उजड़ा हुआ मंज़र लिए बैठा	107
72. हम नेकियों के साथ अब गुनाह कर रहे	108
73. बात अक़्ल की करता है वो, इश्क़-जवानी क्या जाने	109
74. कुछ ख़लिश है, इक अधूरा ख़्वाब मेरे पास है	110
75. फलक पर चमकते सितारे बहुत हैं	111

76. किताबों-सा खुला हूँ मैं, कभी मैं राज़ भी होता	112
77. सूखते रिश्तों के पौधे खाद-पानी माँगते	113
78. ज़ुबाँ ख़ामोश भी हो गर, तो आँखें बोल देती हैं	114
79. पुरानी सोच पर मेरी, नई ने जब दख़ल डाला	115
80. जिस्मानी अनुबंध है जब तक, हम आधे ही होते हैं	116

दो मिसरों में...

01

दरो-दीवार चुनने से ही डेरा तो नहीं होता
जहाँ दिल से न मिलता दिल, बसेरा तो नहीं होता

ख़यालों के बदलने से भी होती हैं नई सुब्हें
फ़क़त सूरज निकलने से सवेरा तो नहीं होता

मैं देखूँ ख़्वाब रौशन से, करूँ जब बन्द आँखों को
हमेशा बंद आँखों में अँधेरा तो नहीं होता

ज़रूरी है रज़ा उसकी, उतरना दिल में उसके है
मेरे बस चाह लेने से वो मेरा तो नहीं होता

ख़ता उसकी है बोलो क्या, सज़ा संगीन देते क्यों
दिलों को लूटता है जो, लुटेरा तो नहीं होता

कि' शब्दों की कलाकारी से भावों को रँगे 'बादल'
जो कूची से रँगे वो ही चितेरा तो नहीं होता

02

वो जो ख़ार अभी दिखता है इन रंगीन बहारों में
इक दिन उसके चर्चे होंगे सूरज चन्दा तारों में

गिर-गिर कर उठना कैसे है, सीख रहा वो शिद्दत से
देर-सबेर गिनेगी दुनिया उसको शाह-सवारों में

उसकी रेशम जैसी बातों से इक ख़ुश्बू आती है
शायद वो अब बैठा करता है अदबी फ़नकारों में

जुगनू जैसा कम चमकेगा, जल्दी ही मर जायेगा
किंतु न माथा टेकेगा वो सामंती दरबारों में

मंज़िल के पानी का प्यासा, रुकता कब है पड़ावों पर
बस इस ख़ातिर वो न रुके है राहों की जयकारों में

ना-क़ाबिल को ताज मिले जब 'बादल' होता है बे-चैन
और खड़े दिखते जब क़ाबिल, सब कुछ हार कतारों में

03

मेरे दर पर सभी ज़ख़्मों की सिलाई होती
फूल टँकते हैं, क़रीने से कढ़ाई होती

यूँ नहीं गिरतीं कभी रिश्तों की सब दीवारें
गर तरीक़े से सभी ने की तराई होती

तुमको जाना था चले जाते, मगर कह जाते
अपनी ऐसे तो नहीं जग में हँसाई होती

सच-बयानी से लगी चोट बड़ी सीने में
सच को कहने में समझ तुमने दिखाई होती

रौशनी वो है चुराता सदा ही सूरज की
चाँद की बस यही थोड़ी-सी कमाई होती

वो तो रहती है दिलो-जाँ में उमर भर 'बादल'
जाने क्यों लोग कहें बेटी पराई होती

04

किसी भाषा मे भी लिक्खूँ ग़ज़ल की बस नक़ल लगती
मिलाता हूँ ज़रा उर्दू, ग़ज़ल तब ही ग़ज़ल लगती

अदब के बाग़ में पौधे गुलों के लाल-पीले हों
मगर उर्दू की ख़ुशबू हो, तभी खिलती फ़सल लगती

मिले हिंदी से जब उर्दू, मसाइल सब सुलझते हैं
अक़ल में दोष वालों को, मुहब्बत ये ख़लल लगती

नज़ाकत भी है उर्दू में, नफ़ासत भी है उर्दू में
यहाँ है राब्ता दिल से, यहाँ कम ही अक़ल लगती

कभी अटका हूँ नुक़्ते में, कभी भावों को मिलते हर्फ़
कभी उर्दू लगे मुश्किल, कभी 'बादल' सरल लगती

05

इसी इक बात पर कुछ लोग बस नाराज़ मिलते हैं
कि मेरे क्यों नहीं उनसे कभी अंदाज़ मिलते हैं

कभी भावों में बहकर तुम यूँ दिल के राज़ मत खोलो
मियाँ, इस दौरे-हाज़िर में नहीं हमराज़ मिलते हैं

मैं अब तक बेटियों पर इसलिए कुछ लिख नहीं पाया
नहीं भावों को मेरे हू-ब-हू अल्फ़ाज़ मिलते हैं

घड़े आधे भरे हैं जो, छलकते हैं वही ज़्यादा
किताबें दो जो पढ़ लेते, उन्हीं में नाज़ मिलते हैं

सितम बेशर्म जब होता तभी मंज़र दिखे ऐसा
कि' बस्ती के सताए लोग हम-आवाज़ मिलते हैं

कभी तुम साफ़ चश्में से भी इनको देखना 'बादल'
कि' अक्सर ख़ास जो बनते, छिपाए राज़ मिलते मिलते हैं

06

उदासी और हरदम की ग़मी अच्छी नहीं लगती
ज़माने में मुहब्बत की कमी अच्छी नहीं लगती

रखो तुम आँख में आँसू, छुपा ज़ालिम ज़माने से
जहाँ इज़्ज़त न इनकी हो, नमी अच्छी नहीं लगती

तुम्हारा ख़ैर-मक़्दम है अगर दो साथ जीवन भर
इनायत यूँ किसी की मौसमी अच्छी नहीं लगती

जो बिछड़े राह में तुमसे भुलाना तुम नहीं उनको
कभी भी धूल यादों में जमी अच्छी नहीं लगती

तुम्हारी रूठने की ये अदा सीमा में अच्छी है
सुनो, ये हर समय की बरहमी अच्छी नहीं लगती

ख़मोशी ये न हो 'बादल' किसी तूफ़ाँ के पहले की
यूँ हलचल इन फ़िज़ाओं में थमी अच्छी नहीं लगती

07

इक पहेली-सी दिखे है आपकी मुस्कान में
कुछ तो कहिए पास आकर आप मेरे कान में

आप मुझको चाहते हैं पर नहीं लब से कहें
इसलिए अटका पड़ा हूँ आज तक अनुमान में

मेरी फ़ाइल आपकी टेबल पे स्वीकृति को रखी
बात मैंने डाल दी है आपके संज्ञान में

हर क़दम मैं फूँक कर बस इसलिए हूँ रख रहा
इक कमी भी रह न जाये लक्ष्य के संधान में

आपके ही दिल में चाहूँ मैं ठिकाना उम्र भर
और मुझको गिन रहे हैं आप बस मेहमान में

आप करते हैं हमेशा बातें दुनिया की सभी
पर छिपाते हैं वही जो है हमेशा ध्यान में

आपकी किन ख़ूबियों ने है उसे पागल किया
देखिए उलझा है 'बादल' रोज़ अनुसंधान में

08

तभी छोटे-से बच्चे की रुलाई छूट जाती है
वो अपना शौक़ जब पकड़े, पढ़ाई छूट जाती है

पिता-माता की सेवा में, हुआ अक्सर है ऐसा भी
कि बेटे की ही 'बी पी' की दवाई छूट जाती है

तभी दफ़्तर के बाबू भी बहुत बीमार हो जाते
अगर उनकी सब 'ऊपर की कमाई' छूट जाती है

कभी है बाढ़ ने रोका, कभी सूखा बना कारण
कभी सरकारी योजन से जुताई छूट जाती है

हाँ, जूता जब पिता का पाँव में बच्चे के आए तो
पिता द्वारा तभी उसकी पिटाई छूट जाती है

भले हो नींव 'सॉलिड' पर, मकाँ कमज़ोर है तब भी
अगर दीवार की अच्छी तराई छूट जाती है

दिसम्बर, जनवरी और फ़रवरी में है सहारा ये
मगर जब मार्च आता है, रजाई छूट जाती है

ज़रा सेहत पे भी कुछ ध्यान दो 'बादल' वगरना, फिर
बुढ़ापे में, नमक के सँग, मिठाई छूट जाती है

09

झूठ का अवगुण छिपा है, बँट रहे सम्मान में
और सच का गुण हमेशा ही दिखा अपमान में

कथ्य में, बस कथ्य में है, पुस्तकों का रस छिपा
और तुम अटके पड़े हो आवरण, उन्वान में

'बच्चे लंदन में हैं सेटल', फ़ख़्र से कहते पिता
पर घिरे अंदर ही अंदर मोह के तूफ़ान में

इस बुढ़ापे में अकेले बैठकर वो सोचते
ख़ुशबुएँ तो उड़ गयीं, गुल सूखते गुलदान में

गाँव का है हाट छूटा, सिल की चटनी भी नहीं
खोजते हम स्वाद जाकर मॉल की दूकान में

इसकी तुलना क्यों भला उससे की जानी चाहिए
इसमें ख़ूबी है अलग और है अलग उपमान में

अब ज़ुबाँ में तेज़ खंजर और पत्थर दिल में है
मिल रहे हथियार 'बादल' आज के इंसान में

10

मैंने पूछे हैं सवालात, ख़ुदा ख़ैर करे
दिन में ही मेरी हुई रात, ख़ुदा ख़ैर करे

पूछती ख़ाली मेरी जेब हुक़ुमरानों से
क्या से क्या हो गए हालात, ख़ुदा ख़ैर करे

देखता है नहीं कोई कभी इंसाँ मुझमें
पूछता धर्म कोई ज़ात, ख़ुदा ख़ैर करे

रात-दिन एक किया चैन-सुकूँ पाने को
खो के सब प्यार के लम्हात, ख़ुदा ख़ैर करे

उम्र कहती है मेरी लुत्फ़ लूँ मैं जीवन के
मैं हूँ बैठा लिए सदमात, ख़ुदा ख़ैर करे

अब तो करता ही नहीं क़द्र कोई अश्कों की
मैं छिपाने लगा जज़्बात, ख़ुदा ख़ैर करे

मैंने लड़ने की सभी करके रखी तैयारी
मुश्किलें छिप के करें घात, ख़ुदा ख़ैर करे

चल दिया सच की कठिन राह पे नादाँ 'बादल'
हर क़दम मिलती मुझे मात, ख़ुदा ख़ैर करे

11

मकाने-जिस्म के अंदर किरायेदार जैसा था
मेरा होना मेरे भीतर किसी इक़रार जैसा था

कहानी में यूँ डूबा मैं कि पन्नों पर थे मेरे अक्स
कि' नायक उस कहानी का मेरे किरदार जैसा था

मेरी हर शर्त पर उसकी ज़ुबाँ ने 'हाँ' कहा केवल
मगर मजबूर चेहरे पर दिखा इन्कार जैसा था

मेरा जब हाथ छोड़ा था, मेरे अपनों ने दरिया में
तुम्हारा 'मैं हूँ ना' कहना, मुझे पतवार जैसा था

लिखा मैं ग़म के आँसूँ से, कभी ख़ुशियों के आँसू से
मेरे जीवन का हर पन्ना किसी अख़बार जैसा था

मैं उसकी बे-रुख़ी से भी नहीं नाराज़ हो पाया
न मानूँ प्यार इसको मैं, मगर ये प्यार जैसा था

जिन्हें माना था मैं अपना, उन्हें परखा न जीवन भर
उसूल इक ये मेरा 'बादल' मेरे दस्तार जैसा था

12

आँख में जब तलक अपने जाले रहे
तीरगी ही रही, कब उजाले रहे

फ़ाइलों में ही बँटते रहे अन्न, और-
सब ग़रीबों को मिलते निवाले रहे

वादे करते रहे वो मचानों पे चढ़
आँख में हम सपन अपने पाले रहे

कर न पाये कभी आसमाँ में सुराख़
हम तबीयत से पत्थर उछाले रहे

सिल लिये हम ज़ुबाँ बात दब भी गयी
हम तो ऐसे ही नैया सँभाले रहे

जब से सीखे हैं हम, काम दफ़्तर के सब
हम किसी ना किसी के हवाले रहे

सबकी उम्मीद हम, चलते रहना हमें
अपने पाँवों में क्यों अब न छाले रहे

प्यार से ही जो 'बादल' को लूटे हैं वो
शक्ल-सूरत से सब भोले-भाले रहे

13

सँभल कर राह चलना तुम, ज़माना साथ है तो क्या
समन्दर में हैं ख़तरे भी, ख़ज़ाना साथ है तो क्या

यही सच है यही सच है, इसे बस याद रखना तुम
हक़ीक़त से ही हस्ती है, फ़साना साथ है तो क्या

अगर जज़्बात ही हैं गुम, बुझा-सा गीत लगता है
नहीं फिर दिल में उतरेगा, तराना साथ है तो क्या

यही पौधे बड़े होकर तुम्हें छाया बहुत देंगे
नए को मान देना तुम, पुराना साथ है तो क्या

सुनो, तहज़ीब की तौहीन अगर करता यहाँ कोई
वही नीचे गिरे, ऊँचा घराना साथ है तो क्या

अजीब इंसाँ है 'बादल' भी अजीब उसकी मिज़ाजी है
रुलाता भी वही सबको, हँसाना साथ है तो क्या

14

नफ़रतों को काटती है उल्फ़तों की धार बस
प्यार करिए प्यार करिए, प्यार करिए प्यार बस

ये कहाँ की मुंसिफ़ी है ये कहाँ का है चलन
बेवफ़ा को फूल मिलते, बावफ़ा को ख़ार बस

क्यों नहीं कहते हो खुल के क्यों ये लब ख़ामोश हैं
क्यों फ़क़त हो खींचते पन्नों में कुछ अशआर बस

मुझको फ़ुर्सत है नहीं जो प्यार की पोथी पढ़ूँ
मुझपे करते पुर-असर हैं पोथियों के सार बस

उनके जीवन मे फ़क़त इतना दख़ल मेरा रहे
उनकी नैया गर डिगे तो मैं बनूँ पतवार बस

अब समझ आयीं उसे ग़ज़लों की सब बारीकियाँ
अब वो ग़ज़लें कम कहे है, साल में दो-चार बस

हुस्न की पेचीदगी 'बादल' नहीं समझा कभी
इश्क़ के सँग हुस्न करता ही रहा व्यापार बस

15

चारागर भी दिखता है वो और कभी बेचारा भी
उम्मीदों से ज़िन्दा भी है उम्मीदों ने मारा भी

दौरे-हाज़िर में पढ़-लिख कर, घर में ख़ाली बैठा है
वो आँखों में चुभता भी है, वो आँखों का तारा भी

कब उसको है चैन मिला, वो कब ऐशो -आराम किया
अपनों से वो जब-जब जीता, अंदर-अंदर हारा भी

सोच हमारी तय करती है, इसको हम कहते हैं क्या
आँसू ख़ुशियों का है मीठा, मानो तो है ख़ारा भी

अपनी कमियाँ सोच-समझकर दुनिया के आगे रखना
हमने कुछ पर्दे में रक्खीं, कुछ को है स्वीकारा भी

क्या कहिए उसकी हस्ती को, एक पहेली है 'बादल'
वो ही सबके दिल में रहता, वो ही है आवारा भी

16

बे-बहर-सी ज़िन्दगी पर बद-गुमानी हो गई
ख़ार थी ये, मैने समझा रातरानी हो गई

मैं चला था वस्ल करके इक बहर को साधने
पर बला ये सिर पे जैसे आसमानी हो गई

ज़िन्दगी के इस ग़ज़ल में, इक चमन बर्बाद है
अश्क़ ने भावों को सींचा, बाग़बानी हो गई

क़ाफ़िया जब तक मिला, गुम भाव सारे हो गए
शब्द के बिन भावना बिसरी कहानी हो गई

वो शुरू से अन्त तक थी ज़िन्दगी में बन रदीफ़
इसलिए बस मौज की इसमें रवानी हो गई

दो ही मिसरों में उलझकर ज़िन्दगी आबाद है
बस यहीं पर ग़म-ख़ुशी की मेज़बानी हो गई

ज़िन्दगी के शे'र से 'बादल' तग़ज़्ज़ुल गुम हुआ
वाहवाही झूठ-सी ये ज़िन्दगानी हो गई

17

दिया है दर्द अगर वो दवा भी देता है
कई दफ़ा वो कई ग़म दबा भी देता है

ग़मों की आग न झुलसा दे तेरी मुस्कानें
तपिश के साथ तभी वो सबा भी देता है

नहीं है जानता कोई भी उसकी मर्ज़ी, पर
कभी इशारों में वो कुछ बता भी देता है

गुरूर तुझमें अगर आ गया उड़ानों का
कटी पतंग-सा वो फिर गिरा भी देता है

ख़याल उसको भी रहता है तेरी मंज़िल का
दिखा के राह वो तुझको पता भी देता है

ग़मों की तीरगी जो तुझको घेरने लगती
चराग़ दर पे वो तेरे जला भी देता है

दिया शरीर ये उसने औ' साँस भी 'बादल'
वो आब-दाना भी देता हवा भी देता है

18

ख़िज़ाँ ने की है यारी शूल से आहिस्ता-आहिस्ता
है गुलशन मिल के रोया फूल से आहिस्ता-आहिस्ता

जब आया ब्याज गोदी में उसी दिन से हुआ ऐसा
हटा है ध्यान थोड़ा मूल से आहिस्ता-आहिस्ता

ज़मीं की अहमियत से जब हुआ वो रू-ब-रू, तब ही
हुई है दोस्ती फिर धूल से आहिस्ता-आहिस्ता

मैं उसकी कामयाबी को लिखूँ पूरे यक़ीं से अब
लगा है सीखने वो भूल से आहिस्ता-आहिस्ता

हवा ये है सदी की या मेरा नाकाम होना है
सभी अपने हुए मशग़ूल से आहिस्ता-आहिस्ता

अभी ईमान से रोटी बहुत मुश्किल से मिलती है
तभी फिसला वो अपने मूल से आहिस्ता-आहिस्ता

बुरी बातों को भूलो तुम, लगाना दिल से मत 'बादल'
बिगड़ती बात केवल तूल से आहिस्ता-आहिस्ता

19

बहार खोजा किये यहाँ क्यों, ख़िज़ाँ का मौसम अभी इधर है
लबों पे अपने नहीं तबस्सुम, कि' आँख पुरनम अभी इधर है

कभी किसी से हुई मुहब्बत, कभी किसी से अदावतें हैं
है अक़्ल मेरी किसी के वश में, समझ ज़रा कम अभी इधर है

तुम्हीं से अपनी तमाम सुबहें, तमाम रातें हैं मेरी तुमसे
बसे हो मेरी नज़र में तुम ही, नशा-सा क़ायम अभी इधर है

न जाओ ऐसे यूँ छोड़ मुझको, रुमानी शब तो अभी है बीती
अभी-अभी तो सुबह हुई है, गुलों पे शबनम अभी इधर है

यहीं हैं ग़ज़लें यहीं हैं नग़में यहीं है साक़ी यहीं है मीना
सजी है महफ़िल यहीं पे 'बादल' सिसकती सरगम अभी इधर है

20

दो मिसरों में इस जीवन का सार लिखा करता हूँ मैं
सँग अपनों के ग़ैरों को भी प्यार लिखा करता हूँ मैं

सीधी-सच्ची सोच है मेरी सीधे हैं सारे अशआर
दो और दो का जोड़ हमेशा चार लिखा करता हूँ मैं

टीस भरी सच्ची बातें तो फूल सरीखी होतीं हैं
ज़्यादा मीठी बोली को बस ख़ार लिखा करता हूँ मैं

मक्कारों के बीच रखी है ख़ुद्दारी गिरवी यारो
मतलब की इस दुनिया को बाज़ार लिखा करता हूँ मैं

चेहरे पर चेहरा इक पहने तीरथ पर जो निकले हैं
ऐसे मानुष को धरती पर भार लिखा करता हूँ मैं

सागर के दामन में हरदम मोती भरता रहता है
बस इस कारण 'बादल' को आभार लिखा करता हूँ मैं

21

आज के माहौल में भी हिचकिचाता है बहुत
खुल के कहता है नहीं वो बुदबुदाता है बहुत

कोशिशें नाकाम थीं तो मंदिरों का रुख़ किया
प्रार्थना करता नहीं अब गिड़गिड़ाता है बहुत

पर कटे पंछी का यारो हौसला तो देखिए
उड़ नहीं पाता है लेकिन फड़फड़ाता है बहुत

सत्य की पगडंडियों पर लोभ के झटके भी हैं
वो नहीं गिरता है लेकिन डगमगाता है बहुत

चाहता चेहरे पे सबके वो ख़ुशी, बस इसलिए
अश्क आँखों में छिपा कर गुदगुदाता है बहुत

सत्य की रक्षा भला कैसे करे वो झूठ से
साज़िशों में वो जकड़ कर कसमसाता है बहुत

बारहा जज़्बात का है क़त्ल होता, इसलिए
प्यार की बातों पे 'बादल' मुस्कुराता है बहुत

22

नहीं है कोई शिकायत नहीं गिले मुझको
हैं रास आते ये अश्कों के सिलसिले मुझको

जवाब वो नहीं देते मेरे सवालों के
जवाब यूँ भी सवालों के हैं मिले मुझको

अभी तो ख़ार की संगत में दिल बहलता है
नहीं लुभाते अभी यार गुल खिले मुझको

कभी लगे है मुझे ज़िन्दगी कोई मातम
कभी बुलाते हैं जश्नों के क़ाफ़िले मुझको

बिछड़ के तुमसे नहीं होश में है ये 'बादल'
यक़ीन ख़ुद के ही लगते सभी हिले मुझको

23

दौरे-हाज़िर में वो इंसाँ जो यहाँ बिकता नहीं
झेलता दुश्वारियाँ है पर कभी डिगता नहीं

बस ग़लत को बे-हिचक उसने ग़लत क्या कह दिया
भीड़ में तन्हा हुआ वो, भीड़ में टिकता नहीं

अक़्ल की उसने सुनी तो दिल ने दिल पर ले लिया
झूठ कहता है कि दो चाकों में वो पिसता नहीं

हार कर हम जीतने में, हो गए माहिर बहुत
जीत कर भी हारने का, अब हुनर दिखता नहीं

जो है दिल में पालता सारे जहाँ की पीर को
घाव का मरहम हुआ वो, घाव बन रिसता नहीं

एक बकरी दूध पिल्ले को पिलाती, बन के माँ
ख़ास भी है, पाक भी, पर ख़ून का रिश्ता नहीं

शे'र कहकर दिल को हल्का कल तलक उसने किया
दर्द अबकी है अधिक, सो आजकल लिखता नहीं

जानता वो, झूठ का है अब चलन 'कॉमन' यहाँ
पर वो 'बादल' है मियाँ जो सत्य से डिगता नहीं

24

रात भर टिकी रहतीं, नज़रें चाँद-तारों पर
क्यों मुझे नहीं आता, प्यार इन नज़ारों पर

अब मुझे न सूझे कुछ, क्या ख़ुमारी छाई है
दर-ब-दर भटकता हूँ, किसके मैं इशारों पर

पी रहा हूँ ग़म अपने, होंठ पर तबस्सुम है
अश्क आ के रुकते हैं, आँखों के किनारों पर

साँस भी नहीं मेरी, सोच भी रखी गिरवी
कब तलक चलेगी ये ज़िन्दगी उधारों पर

तन्हा-तन्हा मरता हूँ, जैसे गुल बिखरते हैं
कौन दर पे आता है अब मेरी पुकारों पर

मैंने खो दिया 'बादल' माना है वजूद अब तो
पर तुम्हीं से नाम अपना है नदी के धारों पर

25

लो किये इज़हार, उल्फ़त का दिए पैग़ाम हम
तुम कहो तो अब चुरा लें इक तुम्हारी शाम हम

इश्क़ में उनसे हमारी आरज़ू बस है यही
हम रहें आग़ाज़ उनके और रहें अंजाम हम

हम भी बन सकते थे अच्छे, ओढ़ कर ख़ामोशियाँ
लत लगी सच बोलने की, हो गए बदनाम हम

अक़्ल मेहनत कर रही है, जिस्म का है 'ब्रेक' अभी
वो ये समझे, कर रहे हैं आजकल आराम हम

हमनें उनको चुन के कुर्सी दी तो देखा 'सीन' ये
बादशाही ठाठ उनके, हैं रि'आया आम हम

परवरिश की अहमियत 'बादल' कभी मत भूलना
इससे ही रावण बनें हम, इससे बनते राम हम

26

चाशनी-सी बात पर तुम यूँ नहीं फिसला करो
बारहा गिरने से बेहतर बारहा सँभला करो

उम्र बढ़ने से है घटती, तुम नहीं ये जानते
तुम हदूदों से मियाँ बाहर कभी निकला करो

शाम की चादर करेगी धूप के तेवर नरम
क्या ज़रूरी है कि तल्ख़ी पर पलट हमला करो

अपनी ख़ुशियाँ चोरी-चोरी कुछ उन्हें भी बाँट दो
ख़ूबसूरत चोरियाँ और नेक-दिल घपला करो

तुम हो उलझे इक ग़ज़ल में, कह न पाए आजतक
क्या नहीं बेहतर ये होता, पहले इक 'मतला' करो

दिल तुम्हारा नेक है, 'बादल' न छेड़ो तुम इसे
तुम भले अंदाज़ अपने बारहा बदला करो

27

जिस्मों में जुम्बिश होती, साँसों की आवाजाही है
मतलब ज़िन्दा होने की ये पुख़्ता एक गवाही है

धनवानों को देख ग़रीबी बे-बस हो रब से पूछे
मेरा हिस्सा लिखने वाले क्यों ये लापरवाही है

पत्थर चाहे मूरत बनकर मंदिर में पूजा जाए
चाकू उसपर धार लगाएँ, बात ये किसने चाही है

बात क़लम की लंबी-लंबी, हँसती है तलवारों पर
ठंडी-ठंडी साँसें लेकर बस मुस्काती स्याही है

सारे बर्तन झगड़ा करते शोर बहुत करते, लेकिन-
झगड़े को जो ठंडा करती वो तो एक सुराही है

उसने कब 'डॉलर' को अपने सपने में देखा 'बादल'
दौर पुराना 'चार आने' का, जो कहता है 'शाही' है

28

वो चुप बैठा तो लगते हैं उस पर ही इल्ज़ाम बहुत
और अगर वो कुछ बोला तो होता है बदनाम बहुत

एक तरफ़ है पर्वत उसके एक तरफ़ खाई देखो
अक्सर ऐसे काटे उसने रस्ते सुबहो-शाम बहुत

सच औ' केवल सच बोला तो माना सबसे दूर हुआ
लेकिन ये भी सच कहता हूँ मन को है आराम बहुत

रामा-कृष्णा-बुद्धा-गाँधी सबने अपने युद्ध लड़े
सबके ही जीवन में होते हैं भीषण संग्राम बहुत

पानी जब भी सिर से गुज़रा, सड़कों पर ये आयी है
क्रूर तभी दिखती है भोली-भाली-सी आवाम बहुत

झूठ अगर है हितकारी तो झूठ नहीं फिर होता पाप
अक्सर इनके देखे हमनें अच्छे हैं अंजाम बहुत

पकता है कुछ धीरे-धीरे शायद 'बादल' के दिल में
उसकी ग़ज़लों में अब दिखते गुल-गुलशन-गुलफ़ाम बहुत

29

कभी मिट्टी को रौंदा वो कभी गुल को मसलता है
वो पत्थर और ख़ारों से ज़रा दूरी से चलता है

चमकना है तो हीरा बन अँधेरों में ज़रा चमको
फ़क़त टूटा हुआ शीशा ही धूपों में चमकता है

मुझे धीरे से पीटा वो, मगर पीटा हज़ारों बार
मैं पारस हूँ, वो ऐसे ही मेरा इक रूप गढ़ता है

कुँवारी मेरी ग़ज़लें तब सुहागन-सी लगीं मुझको
मेरे शे'रों को सुन-सुन कर वो जब भी 'आह' भरता है

बदल कर सोच अब अपनी नज़रिया साफ कर लेना
कि' सूरज है कहीं उगता, तुम्हें लगता कि ढलता है

ज़माने के लगे हैं रोग शायद आजकल तुझको
मुझे अहसास होता क्यों कि तुझमें स्वार्थ पलता है

मिले जो ख़ार भी तुझको उसे भी मान दे देना
कि 'बादल' ख़ुश वही रहता जो कहता है कि 'चलता है'

30

वो गहरी नींद सोते हैं लगा कुंडी मकानों को
नहीं लोरी ज़रूरी है कि' दिन-भर की थकानों को

अगर मेहनत करे इंसाँ, सुकूँ की नींद आती है
कभी कोसा नहीं करता, वो भजनों को अज़ानों को

रिवाजें बाँध देती हैं, रिवाजों से रहो बचकर
कि' चुटकी में उड़ा देना, बिना मतलब के तानों को

तुम्हारे दिल पे दस्तक तो बहुत देंगें, लिए सौग़ात
मगर तुम दिल में बस रखना, सभी पागल- दिवानों को

नहीं मिलना, मिलो मत तुम, मगर इतना बता दो बस
कहाँ से ले के आते हो नए इतने बहानों को

ग़रीबों और अनपढ़ में है ईमाँ भी, मेयारी भी
है देखे दूर से 'बादल' पढ़े-लिक्खे बयानों को

31

जब लगा उसको कि उसके ख़्वाब उससे दूर हैं
लोमड़ी को तब लगा खट्टे बहुत अंगूर हैं

घाव जब ताज़ा रहें, करिए तभी उनका इलाज़
वो ज़हर से कम नहीं हैं, घाव जो नासूर हैं

जब परिंदा आसमाँ में दूर तक उड़ने लगा
देख उसको ख़ुश हुए कुछ, कुछ बहुत रंजूर हैं

क्या हुआ जो दिख रहे चेहरे सभी के ख़ौफ़ में
क्यों सभी ख़ुशियाँ यहाँ से हो गईं काफ़ूर हैं

बस हमारे ही मोहल्ले ने हमें जाना नहीं
वैसे तो दुनिया में देखो हम बहुत मशहूर हैं

पेड़ कट कर गिर गये और घुप अँधेरा छा गया
तब हमें ये याद आया पेड़ भी पुर-नूर हैं

ख़ार को बस ख़ार कहना सीख ले तू दोस्त अब
फिर तेरी कमियाँ सभी 'बादल' को भी मंज़ूर हैं

32

खनकती रहती हैं सुरमयी-सी, तुम्हारी बातों में रागिनी है
छुअन तुम्हारी है मखमली-सी, तुम्हारा लहज़ा भी रेशमी है

तुम्हारी सोहबत लगे है मुझको, तपिश में जैसे कोई सबा-सी
औ' जाड़े में सँग तुम्हारा लगता कि' धूप लगती ज्यों गुनगुनी है

फ़िजाँ में रंगों की ख़ुशबुएँ सब, तुम्हारी आमद से घुल रही हैं
हुआ है त्योहार जैसा मौसम, बयार जैसे ये फागुनी है

तुम्हारी नज़रों से मैंने देखे, ये ख़ूबसूरत नज़ारे सारे
मेरी नज़र से यूँ तुम भी देखो, अँधेरों से आती रोशनी है

वो चाँद से क्या रखे है रिश्ता, समझ से मेरे परे हमेशा
उसी से निकली है छन के फिर भी, लजाती उससे क्यूँ चाँदनी है

तुम्हारे चर्चे में नाम मेरा, ज्यों बरखा के सँग जुड़ा है 'बादल'
ज़माना हम पर ही आ के ठहरा, हवा में कैसी ये सनसनी है

33

आँख से ज़्यादा भरोसा जब हुआ है कान पर
टूटता पर्वत मुसीबत का तभी इंसान पर

फिर से दिल को हम तवज्जो अक़्ल से ज़्यादा दिए
साफ़ मतलब है कि सौदा फिर किये नुक़सान पर

अंत में बस इस लिये ही फूटकर हम रो पड़े
कब तलक यूँ बोझ मन के डालते मुस्कान पर

उनको फूलों ने लुभाया जिन पे सब होते फ़िदा
हमको नक़्क़ाशी लुभाती जो दिखी गुलदान पर

उनकी पीड़ा कितनी होगी जो हैं ऐसा सोचते
'बोझ साँसों का बहुत है, जिस्म के परिधान पर'

मुख अगर उतरा है, तो फिर सौ टका दुख है उसे
सुख का दावा पर कभी होता नहीं मुस्कान पर

उनको क्या मतलब है 'बादल', उनके हित में क्या सही
उनकी तो आँखें टिकी हैं मुफ़्त के सामान पर

34

प्यार के बदले दिए ग़म, शुक्रिया जी शुक्रिया
दिल बुझा, आँखें हुईं नम, शुक्रिया जी शुक्रिया

मेरा परिचय दे रहे हो तुम सभी को आजकल
ऐब ज़्यादा, नेक हूँ कम, शुक्रिया जी शुक्रिया

मैं तुम्हारे बाग़े-दिल का बाग़बाँ हूँ, ख़ास हूँ
पालता था दिल मेरा भ्रम, शुक्रिया जी शुक्रिया

इन्तहाँ अब इन्तज़ारी की सही जाती नहीं
साँस अब होती है मद्धम, शुक्रिया जी शुक्रिया

तुमने प्यासा ही रखा है, बातों से लेकिन मुझे
ख़्वाब दिखलाते हो संगम, शुक्रिया जी शुक्रिया

दूर तक 'बादल' अकेला सोचता ये जा रहा
हिज्र का मौसम है मातम, शुक्रिया जी शुक्रिया

35

दौलत मैं क्यों कमा रहा जज़्बात बेचकर
पहचान जो रही मेरी वो बात बेचकर

ये कौन-सी है भूख मेरी, कैसी प्यास है
दिन-रात एक कर रहा लम्हात बेचकर

पत्थर तले उसूलों के तब यूँ दबा था मैं
अब साँस खुल के ले रहा औक़ात बेचकर

ख़ुशियाँ बटोरता हूँ मैं ख़ुद-ग़र्ज़ की तरह
झूठो-फ़रेब, छल सभी ख़ैरात बेचकर

भाने लगी हैं मुझको अभी स्याह रात क्यों
नफ़रत खरीदूँ प्यार के सौग़ात बेचकर

'बादल' जगा तो टूट गया ख़्वाब झूठ का
अब जी रहा वो सच में ख़यालात बेचकर

36

बताओ फिर वही गुज़रे ज़माने क्यों नहीं आते
मेरे दर पर कभी साथी पुराने क्यों नहीं आते

ये कैसा दौर है जिसमें सभी मसरूफ़ इतने हैं
सभी साथी मेरी शामें चुराने क्यों नहीं आते

कि' पेंच-ओ-ख़म भी होंगे ही मेरे यारों के जीवन में
वो अपनी उलझनें मुझको बताने क्यों नहीं आते

नहीं मिलती है सुनने को, वो अपनेपन की गाली भी
वो रस्में दोस्ती की अब निभाने क्यों नहीं आते

कमाए हैं सभी यारों ने धन-दौलत व शोहरत भी
जो डूबे हैं गुज़िश्ता में, ख़ज़ाने क्यों नहीं आते

मुझे तन्हाँ कभी देखें तो यादें घर चली आतीं
कि' यादों को न आने के बहाने क्यों नहीं आते

बिगड़ता जा रहा 'बादल' बिछड़ के उन शरीफ़ों से
वो मेरे घर पे पीने औ' पिलाने क्यों नहीं आते

37

ज़ुबाँ करती शरम, उन नज़रों में अल्फ़ाज़ इतने हैं
अदा है और शोख़ी है हसीं अंदाज़ इतने हैं

मैं नज़रों को पढ़ूँ कैसे कि' वो नज़रें मिलाते कब
न जाने किस ख़ता पर वो हुए नाराज़ इतने हैं

हुनर आता नहीं मुझको अनाड़ी मैं मुहब्बत का
उठाऊँ तो भला कैसे कि' उनके नाज़ इतने हैं

किताबे-दिल पे मेरे बस, उन्हीं का नाम मैं चाहूँ
नहीं अंजाम तक पहुँचा, हुए आग़ाज़ इतने हैं

वो माने क्या तुझे 'बादल' नहीं मुमकिन तू जानेगा
पहेली इक लगे मुझको छुपाए राज़ इतने हैं

38

बिना जज़्बात के इसकी शकल अच्छी नहीं होती
हाँ, कविता में अक़ल औ' बस अक़ल अच्छी नहीं होती

वो 'गूगल' कर के लेते हैं, कई उर्दू के शब्दों को
मियाँ इस बेवक़ूफ़ी से ग़ज़ल अच्छी नहीं होती

असल का है नहीं सानी भले हो चार पैसे का
भले हो नौ-लखा फिर भी नक़ल अच्छी नहीं होती

पसीना भी मिलाते हैं, तभी ये लहलहाती है
फ़क़त इक खाद-पानी से फ़सल अच्छी नहीं होती

जो ठोकर खा के गिरता है, निखरता वो ही जीवन में
हमेशा राह जीवन की सरल अच्छी नहीं होती

उठाना पड़ भी सकता है बहुत नुक़सान ऐ 'बादल'
नियोजन के बिना कोई पहल अच्छी नहीं होती

39

बता पंखों को अपने मैं भला परवाज़ कैसे दूँ
जो बंदिश है तो ख़ामोशी को फिर आवाज़ कैसे दूँ

सभी टूटे हुए हैं हर्फ़, पन्ने भी सभी बिखरे
दबे जज़्बात को बोलो मैं फिर अल्फ़ाज़ कैसे दूँ

रखी गिरवी हैं ये साँसें, दबी अहसान से उनके
बताओ उन फ़रिश्तों को नए अंदाज़ कैसे दूँ

उसूलों को जतन से पाल कर ख़ुद को सँवारा है
तो बदलूँ ख़ुद को कैसे मैं, नया आग़ाज़ कैसे दूँ

लिखा मुट्ठी में जो मेरे, उसे पढ़ती है ये दुनिया
बता 'बादल' ज़माने को मैं कोई राज़ कैसे दूँ

40

हमेशा जीत कर ही तो फ़रिश्ता जंग हारा है
तभी सूरज उतरने का बहुत प्यारा नज़ारा है

गुलिस्ताँ सींचकर मैंने किया है खूँ-पसीना एक
मैं हैराँ हूँ शजर पर नाम आख़िर क्यों तुम्हारा है

नरम लफ़्ज़ों से भी लगती है गहरी चोट सीने में
हुनर से बात जब रखना तभी समझो गुज़ारा है

खिलौने की दुकाँ पर काम करता है वो रोटी को
ज़रा-सी उम्र का बच्चा ग़मों का कितना मारा है

मेरे कानों में आकर कह रही है ज़िन्दगी मुझसे
बुरे दिन में मधुर यादों से ही समझो गुज़ारा है

मैं 'बादल' संग रहकर भी नहीं तहज़ीब कुछ सीखा
हो संगम मीठी नदियों का समुन्दर होता ख़ारा है

41

शूल को फूल भी छल रहे आजकल
लोग पानी से भी जल रहे आजकल

तेरी साज़िश सभी हो गईं बे-असर
कौन-सी चाल अब चल रहे आजकल

जो चमकते रहे आसमाँ पर कभी
वक़्त की मार से ढल रहे आजकल

हाथ में हाथ था, थी नज़र में नज़र
याद में कुछ यही पल रहे आजकल

ख़ार हमको मिले हमने गुल जब दिया
इस तरह काम सब फल रहे आजकल

हमको मिलता नहीं इक तेरा प्यार बस
हाथ अपना तभी मल रहे आजकल

किनकी बातों ने 'बादल' को ज़ख़्मी किया
कौन हैं जो उसे खल रहे आजकल

42

मुझसे आँख मिलाते ही तुम घबराने क्यों लगते हो
दोस्त अगर कहते हो मुझको, दीवाने क्यों लगते हो

सारी झूठी बातें तो तुम हँसकर करते हो मुझसे
सच्ची बातें कहते-कहते हकलाने क्यों लगते हो

हाले-दिल के बीच हमेशा, अक़्ल की बातों को लाकर
सीधी-सीधी बातों को भी उलझाने क्यों लगते हो

प्यार-मुहब्बत, शम्अ की बातें, गर तुमको झूठी लगतीं
जल-मर जाने को आतुर से परवाने क्यों लगते हो

एक पहेली सुलझाने में तुम ही मेरी 'हेल्प' करो
अपनापन जब बीच हमारे, अनजाने क्यों लगते हो

दिल के अंदर जाने कितने राज़ छिपाए फिरते तुम
इंसाँ हो तो 'बादल' को फिर तह-ख़ाने क्यों लगते हो

43

हो आग़ाज़ सही तब भी अंजाम रहे है संशय में
मुझ जैसे मतवाले का हर काम रहे है संशय में

मैदानों में ख़ामोशी है गुम-सुम-सा माहौल हुआ
बच्चे गायब होते जाते, शाम रहे है संशय में

जब से देखा बातें करते बहकी-बहकी पी के लोग
किनके होठों से टकराये, जाम रहे है संशय में

पापी आते हैं तीरथ पर धोने अपने पापों को
कैसे इनको पार लगाए, धाम रहे है संशय में

इक अपनी तारीफ़ें गिनता, एक उसी की नाकामी
नेताओं के भाषण से आवाम रहे है संशय में

मुरलीधर ने द्वापर युग में ज्ञान बहुत बाँटा, लेकिन
इस कलियुग में 'बादल' अब घनश्याम रहे है संशय में

44

पहुँचा तो है मेरी वो कहानी के आस-पास
यानी कि मेरे आँख के पानी के आस-पास

पूरी तरह से घाव हरा अब नहीं रहा
कुछ सूखकर रुका है ये धानी के आस-पास

हर एक बात पर जो क़सम खा रहे हैं वो
उनकी कटी है झूठ-बयानी के आस-पास

ऐलान उसने कर दिया जब साठ का हुआ
तेवर अभी तलक है जवानी के आस-पास

राजा तो हमको दोस्तो लाचार-सा लगा
शह-मात का ये खेल है रानी के आस-पास

गीता के ज्ञान पढ़ के हमें बस यही लगा
प्यासा पहुँच गया है ज्यों पानी के आसपास

भटका करे है मन तो बुढ़ापे में बस यहीं
बचपन के इर्द-गिर्द, जवानी के आस-पास

हर एक शे'र में यूँ 'तग़ज़्ज़ुल' न खोजिए
पहुँची है मेरी बात म'आनी के आस-पास

'बादल' को रोकिए, वो ग़लत राह चल रहा
देखा वो जा रहा है 'पुरानी' के आस-पास

45

गिर के ख़ुद को सँभाल लेते हैं
शब्द फिर से खँगाल लेते हैं

जिनका उत्तर हमें नहीं मालूम
हम वो सारे सवाल लेते हैं

चाहे जिसको भी हम हैं शिद्दत से
उसमें ख़ुद को ही ढाल लेते हैं

मुस्कुरा के जो उनको देखे हम
वो ग़लत-फ़हमी पाल लेते हैं

पाप करने में वो नहीं चूके
हाथ में जो मशाल लेते हैं

लिखते हैं वो बहर से ख़ारिज़, पर-
भाव सारे कमाल लेते हैं

जब से संगत तुम्हारी पाये हम
तब से अच्छे ख़याल लेते हैं

हाथ मलने में भी बहुत सुख है
हम ख़ुशी से मलाल लेते हैं

सुलझे-सुलझे से शब्द 'बादल' के
लोग शब्दों के जाल लेते हैं

46

ज़माने के जो पी ले विष उसे शंकर मैं लिखता हूँ
दिलों से दिल को जोड़े जो उसे क़ुर्बत मैं लिखता हूँ

बड़ी मीठी करें बातें मगर हर बात में साज़िश
जगह जितनी भी ऐसी हैं उन्हें दफ़्तर मैं लिखता हूँ

गुमाँ करने के कारण हैं, बहुत से पास उसके, पर
झुका के सिर वो मिलता है, उसे अम्बर मैं लिखता हूँ

तुझी से सुब्ह मेरी है, तुझी से शाम रोशन है
तेरी यूँ लत लगी मुझको, तुझे आदत मैं लिखता हूँ

कभी मीठा-सा वो बोले, कभी वो तीर-सा चुभता
चले वो संग दुनिया के, उसे तरकश मैं लिखता हूँ

चुराए हैं समुन्दर ने ख़ज़ाने भी विरासत भी
चुराता जो समुन्दर से उसे 'बादल' मैं लिखता हूँ

47

माना अभी किसी का सहारा नहीं है वो
ऐ ज़िन्दगी, मगर अभी हारा नहीं है वो

हर एक आँख की अभी वो किरकिरी है बस
यानी किसी भी आँख का तारा नहीं है वो

उम्मीद वो करे तो करे इस जहाँ से क्या
ख़ुद अपनों को ही जबकि गवारा नहीं है वो

सीने में उसके आग है ज़िन्दा अभी, मगर
दुनिया को लग रहा है शरारा नहीं है वो

उस पर न कोई दाँव लगाता है आजकल
लेकिन उसे पता है ख़सारा नहीं है वो

हैं दौड़ने में दिक़्क़तें, चल तो रहा है पर,
हालात का यूँ इतना भी मारा नहीं है वो

'बादल' ग़मों के कुछ दिनों में छट ही जायेंगे
ये सोचकर किसी को पुकारा नहीं है वो

48

ज़्यादा पाने की चाहत में, ग़म की मारी हो गई
मीठी नदिया सागर से यूँ मिल के ख़ारी हो गई

कल अल्हड़-सी बहती थी वो, नाज़ो-नख़रे कम न थे
एक ग़लत निर्णय से देखो वो बेचारी हो गई

अम्बर तारे चंदा-वंदा सब मुट्ठी में हैं अभी
जब से उस नादाँ लडक़ी को इश्क़-ख़ुमारी हो गई

रट-रट पोथी बाँटा करते ज्ञान बहुत वो मंच से
दिल के मैदाँ पर वाइज़ की हार करारी हो गई

उनकी सोचों में भी कितना ताज़ापन था कल तलक
अब तो उनकी सोच लगे है बस सरकारी हो गई

अक्षर-अक्षर जोड़े 'बादल' शब्द सभी फिर बन गए
भाव भटकते फिर भी उसके क्या लाचारी हो गई

49

स्वयं से दोस्ती कर ली, स्वयं से दुश्मनी कर ली
जिधर भी ले गए हालात उधर ही ज़िन्दगी कर ली

नज़रिया साफ़ रखता हूँ, हुनर जीने का आता है
मयस्सर गर नहीं ख़ुशियाँ, ग़मों से आशिक़ी कर ली

मेरे ईमाँ को बस ऐसे रखा मैंने है क़ाबू में
स्वयं पर मैं नज़र रखता, स्वयं की मुख़बिरी कर ली

मेरे मौला तू मेरा हमसफ़र, मेरा ख़ुदा भी तू
कहीं पर बुतपरस्ती तो कहीं पर दिल्लगी कर ली

मैं ज़िंदा-दिल लगूँ सबको, मगर सच है तो बस इतना
मेरे ख़्वाबों ने ख़ामोशी से छुपकर ख़ुदकुशी कर ली

किसी के काम आ जाऊँ, सुकूँ इस काम में मौला
जो फ़ुरसत में हुआ थोड़ा तो तेरी बन्दगी कर ली

हुआ जज़्बात से जब भी मेरा दिल रू-ब-रू 'बादल'
कभी आँखों से छलकाया, कभी बस शाइरी कर ली

50

गेंदे के वो पीले गुल तो, मरते दम तक पीले थे
नाज़ुक थे वो कितने ही पर सच में ख़ूब हठीले थे

अम्बर के एकाकीपन में घुटते थे सूरज-चंदा
तारे मिलकर जश्न मनाए तारों संग क़बीले थे

'जेंटलमैनों' में जब बैठा तो मैं पाया कुछ ऐसा
वो उतना मधुरस बरसाए, जो जितने ज़हरीले थे

परतों पर परतों को खोला तब काली रंगत देखा
पर ऊपर से जलवे उनके सतरंगी चमकीले थे

सूखी आँखें, खुलकर हँसना और कहानी थी कुछ और
घायल नींदों ने ये माना, घाव अभी तक गीले थे

कबिरा ने सिखलाए हमको जीवन के सारे दर्शन
पंडित-मुल्ला होते चोटिल, ताने जो पथरीले थे

और सुनाओ मित्रो मेरे, ज़िम्मेदारी कैसी है
हम सब पापा के पैसों पर बचपन में रंगीले थे

सैर सुबह की लंबी-लंबी, का ऐसा परिणाम हुआ
'बादल' ने पाया अब उसके सारे कपड़े ढीले थे

51

ज़मीं के मंच पर हम हैं जमूरे, वो मदारी है
नहीं इक साँस मेरी है, नहीं समझो तुम्हारी है

ठगे-से देखते रह जाओगे, ये चुक चुकी होगी
तुम्हारे जिस्म में ये रूह, कुछ दिन की उधारी है

हर इक मुस्कान निश्छल हो, सुनो, ऐसा नहीं होता
इसी से ही फँसाता है वो जो शातिर शिकारी है

जो इक्का है तुरुप का वो, पलट देता है बाज़ी सब
उसी की चाह करता बस यहाँ हर इक जुआरी है

सफ़र पर ये निकलती है बिना 'प्लानिंग' किये जब भी
यक़ीनन अपनी मंज़िल से भटकती फिर सवारी है

सँभाला कोख में हमको है पूरे नौ महीने तक
ये ममता माँ की हम सब पर हमेशा की उधारी है

ख़ुमारी इस क़दर तेरी है छायी आज 'बादल' पर
तेरा होना क़रार उसका, न होना बे-क़रारी है

52

वो आलीशान होटल को यक़ीनन मुँह चिढ़ाती है
उबलते चाय की ख़ुश्बू, जो उस ढाबे से आती है

मैं ऑफ़िस की सभी टेंशन-थकन सब भूल जाता हूँ
कि' इक पुचकार पर बिटिया मेरी जब खिलखिलाती है

मैं चोरी से सुना करता हूँ उसके सुर का मीठापन
मेरी बेटी मेरी ग़ज़लें कभी जब गुनगुनाती है

जहाँ चूल्हे ने कर ली आग से ही दुश्मनी, बोलो-
दिवाली की वहाँ पर रात कैसे झिलमिलाती हैं

मेरी बेटी की चीखों पर दरिंदे वो न पिघले क्यों
यही बस सोच बे-बस माँ की ममता छटपटाती है

मुकम्मल इक ग़ज़ल करके सुकूँ 'बादल' को है मिलता
थके जिस्मों को राहत ज्यों कोई मालिश दिलाती है

53

चलें जो सत्य पर अक्सर वही बस हार जाते हैं
कि' झूठे सँग फ़रेबी लोग बाज़ी मार जाते हैं

भला करके यहाँ कलियुग में बस होता बुरा ही है
डुबो के सत-पुजारी को ही झूठे पार जाते हैं

पिये थे घोंट कर जो हम किताबी ज्ञान बचपन में
मशीनी दौर है इसमें सभी बेकार जाते हैं

क़तारें चापलूसों की, है काला धन व ऊँचे लोग,
मगर काँधे पे लेकर तो सभी को चार जाते हैं

कि' हम माटी में भी आएगी ख़ुशबू एक दिन 'बादल'
गुलों की महफ़िलों में हम तो बारंबार जाते हैं

54

सुनूँ जब अक़्ल की तो फिर मेरा दिल रूठ जाता है
लिखूँ जब हू-ब-हू जज़्बात, मीटर छूट जाता है

तिजारत खुल के होती है यहाँ इंसाँ के जज़्बे की
कोई तो लुट ही जाता है, तो कोई लूट जाता है

वो चिल्लाकर नहीं करते असर ख़ामोश लोगों पर
तेरी चुप से ही सन्नाटा हमेशा टूट जाता है

धरम के नाम पर सजती दुकानें बंद हों अब तो
हवा ज़्यादा जो डाली तो गुब्बारा फूट जाता है

भरोसा ख़ुद पे जो रखते उन्हें मंज़िल लगी आसाँ
भरोसा ग़ैर पर रख कर ही 'बादल' टूट जाता है

55

सखी पिया से लड़ाऊँ नयना, जिया ये धक-धक करे लगत है
नयन से जब मैं नयन चुराऊँ, कसक-सा मन मा भरे लगत है

सखी पिया को मैं छिप के देखूँ, छुपन-छुपाई का खेल खेलूँ
कि' हेरे सइयाँ इहाँ-उहाँ फिर, लपक के बहियाँ धरे लगत है

अजब है संगत सखी पिया का, कभी है तीखा कभी है मीठा
कभी उभारे है घाव दिल का, कभी लगे ये भरे लगत है

सखी पिया बन रहे हैं कान्हाँ तभी वो खेले हैं रास-लीला
कि' अपने आँगन में सोचूँ सौतन, इ मनवा मोरा डरे लगत है

इ दुनिया जुल्मी जुलुम ही ढावे, सतावे दुखिया को ही हमेशा
पिया का घरवा है जादू-नगरी, तमाम दुखवा हरे लगत है

धुवाँ सपनवाँ भये हैं सारे, हैं जितने देखें, हैं उतने हारे
हँसी-ठिठोली तमाम 'बादल' हाँ मोरे घर से परे लगत है

56

जब-जब भी हमने पाली हैं ख़्वाहिशें ज़ियादा
देखी हैं ज़िन्दगी में तब मुश्किलें ज़ियादा

क़ुव्वत हमारी हमने जानी नहीं अगरचे
उड़ने की कोशिशों में तब हम गिरें ज़ियादा

जब अक़्ल ने कहा था, अब दूरियाँ ज़रूरी
दिल ने तभी कहा था अब हम मिलें ज़ियादा

माँगी थी ये दुआ बस, आँसू न कोई देखे
होने लगीं हैं तब से ही बारिशें ज़ियादा

इंसान के दिलों में दूरी बढ़ी है जबसे
जमने लगीं हैं तब से ही महफ़िलें ज़ियादा

होती वहीं बग़ावत, ज़ंजीर टूटती है
दिखती जहाँ पे 'बादल' हैं बंदिशें ज़ियादा

57

दिखें चेहरे पे ख़ुशियाँ बस, यही अरमान बाक़ी है
कि' होंठों पर तुम्हारे इक ज़रा मुस्कान बाक़ी है

नए गुल फिर से आएंगे मकाँ ये फिर से महकेगा
किसी कमरे के कोने में अभी गुलदान बाक़ी है

उठा लाया हूँ थोड़ा-सा, ज़रा-सा छोड़ आया हूँ
तुम्हारे घर में मेरा कुछ अभी सामान बाक़ी है

जहाँ जाता हूँ दुनिया में वहाँ बस शोर पाता हूँ
चलो चल कर वहाँ देखें, अभी शमशान बाक़ी है

मेरे प्यादे ने जब तुमको छकाया इस क़दर, सोचो-
मेरी तरकश में फ़ौलादी अभी सुल्तान बाक़ी है

लगे इल्ज़ाम जब आख़िर, मरे तब चैन से 'बादल',
बदन में है अभी जुम्बिश, अभी कुछ जान बाक़ी है

58

चुप रहो, कुछ भी न बोलो, क्या कहेंगे चार लोग
मुँह कभी अपना न खोलो, क्या कहेंगे चार लोग

भीड़ से सीखे नहीं कुछ, ज़ुल्म से तुम लड़ रहे
बन्द करके आँख सो लो, क्या कहेंगे चार लोग

आँसुओं में डूबते हो, ग़ैर के ग़म देखकर
चुप करो, मुँह जा के धो लो, क्या कहेंगे चार लोग

ग़ैर के सुख-दुख में शामिल, ग़ैर के ही हो गए
तुम ज़रा अपने भी हो लो, क्या कहेंगे चार लोग

तुम क़फ़स में क़ैद हो, उड़ना मना 'बादल' तुम्हें
हँस रहे हो? अब तो रो लो, क्या कहेंगे चार लोग

59

दिल की ही सुनते रहे, तोड़े किसी का दिल नहीं
इसलिए ही दोस्तो अब हम किसी क़ाबिल नहीं

जो मिला जैसा मिला सबको मदद हमने किया
क्यों नसीबों में हमारे है कोई साहिल नहीं

ग़ैर को भी प्यार से वो याद करते हैं मगर
उनकी बज़्मों में हुए बस इक हमीं शामिल नहीं

हर बशर ही मौत का कारण हमारे है यहाँ
और मानो तो हमारा कोई भी क़ातिल नहीं

भूलना अहसान, उनकी फ़ितरतों में एक है
इसलिए किस्सों में उनके हम हुए दाख़िल नहीं

हमको नफ़रत से है नफ़रत इसलिए ख़ामोश हैं
वर्ना सब हैं जानते 'बादल' कोई बुज़दिल नहीं

60

हमने अपने जीवन में बस, इतना ही सामाँ रक्खा
घर में रिश्ते प्यार भरे कुछ, दिल में कुछ याराँ रक्खा

उम्र भले चालिस हो जाए या फिर हो जाए पच्चास
इक बच्चा हो दिल के अंदर, हमने ये अरमाँ रक्खा

उसने छिछली बातें लिक्खीं, भारी-भारी लफ़्ज़ों में
हमने बातें गहरी लिक्खीं, लफ़्ज़ों को आसाँ रक्खा

जिनके ज़ख्मों से हम सीखे, दुनिया की सब हुशियारी
अपने जीवन में उन सबको, हमने मेहरबाँ रक्खा

अपना ही घर मान के अम्मा आयी थीं, पर रोयीं तब
जब बेटे ने अपने ही घर में उनको मेहमाँ रक्खा

ऐसा हो, सरकारें हर लें, उसके सब दुख, उसके बाद
उसने भी तो मुल्क़ पे जीवन, करने को क़ुर्बां रक्खा

उसके जीवन में दुश्वारी, कितनी होगी शाम-सहर
धोखे खाकर भी जिसने है, अपना दिल नादाँ रक्खा

कैसे "घटती" है दुर्घटना, सवधानी के हटने पर?
'बादल' को इस प्रश्न ने बचपन में अक्सर परेशाँ रक्खा

61

तूफ़ाँ से वो अगर कभी दो-चार हो गया
मझधार हो गया तो कभी पार हो गया

फिर साये में दरख़्त के पौधा नहीं उगा
अपनों का ही शिकार वो हर बार हो गया

दरिया-ए-ज़िन्दगी का भी है फ़लसफ़ा अजीब
डूबा है जो यहाँ वही बस पार हो गया

जो फूल थे वो उनके लिए फूल ही रहा
जो ख़ार थे वो उनके लिए ख़ार हो गया

मैंने कहा कि प्यार बढ़ा साथ जब रहे
उसने कहा कि जीना ही दुश्वार हो गया

केवल ये परवरिश का असर है, ये मानिए
गद्दार हो गया कहीं ख़ुद्दार हो गया

है सीखने के दौर में 'बादल' अभी तलक
कुछ लोग कह रहे मुझे फ़नकार हो गया

62

खो के जलपरियाँ समुन्दर, अब बेचारा हो गया
रो-रो कर ही यार उसका आब ख़ारा हो गया

कल मुकम्मल शख़्स था वो आज के माहौल में
पर मुहब्बत का वो देखो आज मारा हो गया

हम हदूदों में नहीं महदूद रहते इसलिए
इस ज़मीं पर जो भी चाहे वो हमारा हो गया

ज़िन्दगी के मोड़ पर हर, ये रही क़िस्मत मेरी
जब तिजारत फ़ायदे का था, ख़सारा हो गया

वृद्ध-आश्रम को ही मंज़िल मान ली जब वृद्ध ने
तब बिछड़ना पोती-पोतों से गवारा हो गया

हो गए हैं नाम कितने आज 'बादल' आपके
कल तलक था चाँद-सूरज अब सितारा हो गया

63

जो तजरबे से न सीखा वो फिसलता रह गया
रात में करवट पे करवट बस बदलता रह गया

कल उजाला होगा फिर से, एक इस उम्मीद से
एक उजाले के लिए सौ बार ढलता रह गया

दिन हुआ तो बुझ गए दीपक उजाले में सभी
ग़ैर के सँग देख तुझको दिल ये जलता रह गया

अपने-बेगाने में करना फ़र्क़ मैं सीखा नहीं
आस्तीनों में तभी तो साँप पलता रह गया

ख़ुद-ब-ख़ुद सबके क़दम मंज़िल पे आकर रुक गए
एक अकेला मैं सड़क पर यूँ ही चलता रह गया

वैसे तो 'बादल' को हासिल हो गया सब कुछ यहाँ
बस तेरे ही प्यार को वो हाथ मलता रह गया

64

रात-दिन तुम्हारे घर की फ़िज़ाँ सुहानी है
दिल का दरिया मीठा है, ख़ुश्बू रातरानी है

आसमाँ में उड़ता वो, पाँव हैं ज़मीं पर ही
मानो तो हक़ीक़त है, मानो तो कहानी है

खामखा मैं समझाया, राह पर वो आ जाएँ
भूल मैं गया उनकी लत बहुत पुरानी है

मोम! तुम नहीं करना धूप से कभी यारी
दुश्मनी नहीं भूलो, ये तो ख़ानदानी है

आँख में है ख़्वाब उसके है मुक़ाम ख़्वाबों में
पर सिफ़ारिशों के बिन, ख़्वाब बे-ईमानी है

क़र्ज़ औ' ग़रीबी हैं उसके साथ पहले से
सोच-सोच मरता वो, बेटी भी सयानी है

राह तब निकलती है, चाह जब करो 'बादल'
ये सबक मुझे अब तक याद मुँह-ज़ुबानी है

65

वो फूल बन गया तो कभी ख़ार बन गया
हालात में ढला हुआ किरदार बन गया

ख़ुशियाँ भी उसके साथ हैं ग़म भी हैं उसके साथ
गोया वो सुब्ह का नया अख़बार बन गया

आसान तेरी ज़िन्दगी करने के वास्ते
वो मुश्किलों के सामने दीवार बन गया

लोगों ने चोट दी है उसे इस क़दर कि वो
मासूमियत को छोड़ समझदार बन गया

जब साथ वक़्त था तो ये 'बादल' भी था ख़ुदा
मारा है वक़्त ने तो गुनहगार बन गया

66

पूजा जिसको देव समझकर वो तो बस पत्थर निकला
अनजानों की भीड़ जहाँ थी, वो अपना ही घर निकला

मुरझाया मैं फूल था यारो बिखरा वादी में तब ही
मुझको एक हवा का झोंका जब केवल छूकर निकला

ख़्वाबों में जब देखा मैंने मंज़िल को पुर-नूर, तभी
पथरीली राहों का यारो मेरे दिल से डर निकला

थोड़ी कोशिश और करो तो चादर बढ़ भी सकती है
फिर क्यों कहना पाँव ढका तो बाहर मेरा सर निकला

सब कुछ पाकर भी हम अक्सर ख़ाली हाथ मला करते
सबसे प्यासा इस धरती पर जैसे वो सागर निकला

हार के सब कुछ सोया था जो 'बादल' उठकर बैठ गया
फिर ख़्वाबों की उँगली थामे कमरे से बाहर निकला

67

चीखते हैं वो फ़क़त सबकी नज़र के वास्ते
और मैं चुप ही रहा सब पर असर के वास्ते

सब हैं पत्थर दिल यहाँ बस्ती में तेरे, इसलिए
मैं तरसता ही रहा अच्छी ख़बर के वास्ते

अपनी आँखों में रहे पानी शरम का कुछ बचा
एक ख़्वाहिश है यही जीवन बसर के वास्ते

हाथ सच का ही पकड़ मैं राह पर चलता रहूँ
और तो कुछ भी न चाहूँ मैं सफ़र के वास्ते

ये ज़मीं बिस्तर है मेरा और छत है आसमाँ
मैं न झगड़ूँ पत्थरों के घर-शहर के वास्ते

मैंने देखा है अँधेरा दिन में भी अक्सर यहाँ
'पॉज़िटिव' इक सोच चाहूँ मैं सहर के वास्ते

सीख लो 'बादल' ग़ज़ल तुम, शे'र फिर कहना कभी
करनी पड़ती है तपस्या इक बहर के वास्ते

68

हम क्या उनसे कम अच्छे थे
बहुतों से तो हम अच्छे थे

धार सदा चीखों में कम था
ख़ामोशी के बम अच्छे थे

वादा तोड़ा फिर से तुमने
पहले तुम जानम अच्छे थे

जाना था फिर आए क्यों तुम
अल्प ख़ुशी से ग़म अच्छे थे

सूखे तो बंजर दिखते हैं
नैन हमारे नम अच्छे थे

धक्का-मुक्की काम न आयी
लंबे थे पर क्रम अच्छे थे

इतनी कड़ुवी है सच्चाई
'बादल' इससे भ्रम अच्छे थे

69

फ़रिश्ता वो मेरी नज़रों में आख़िर क्यों खटकता है
मैं सच बोलूँ तो आईना भला फिर क्यों चिटकता है

जो ईमाँ पर ही चलने की क़सम खाकर के बैठा हो
वही बस दूर मंज़िल से बताओ क्यों भटकता है

फ़लक से टूट कर तारे नहीं वापस कभी आए
दिले-नादाँ तू अब तक राह उसकी क्यों यूँ तकता है

वो चिंगारी दबी-सी राख में ये सोचती है बस
हवन में काम आना था ये मंज़र क्यों दहकता है

हाँ, बच्चों के सवालों से निरुत्तर हो गया 'बादल'
कि 'अंकल' दिन में ही सूरज बताओ क्यों चमकता है

70

लोग जो अक्सर बहुत ऊँचाई पर हैं आ गए
धूप सूरज की लगी तो पल में ही मुरझा गए

चाँद देता क्या भला, केवल वो देता चाँदनी
और शोला सोचकर तुम खामखा घबरा गए

जब से देखा भागते बच्चों को रोटी के लिए
आसमाँ पर तब से बे-मौसम ही बादल छा गए

उसकी बीमारी नहीं है यार ये पैदाइशी
जिस्म उसके बस ग़रीबी, बोझ से दुहरा गए

उठ गयीं कितनी दिवारें सब घरों में आजकल
रौशनी, ठंडी हवा सब मिल के अहमक़ खा गए

ग़ैर की चोटें समय के साथ 'बादल' भर गयीं
घाव अपनों ने दिए जो वो सभी गहरा गए

71

कभी ग़मगीन-सा उजड़ा हुआ मंज़र लिए बैठा
कभी आँखों में ख़्वाबों के कई सागर लिए बैठा

किसी के सिर पे रक्खा है बहुत सूना महल कोई
भरा-पूरा किसी कुटिया में कोई घर लिए बैठा

ज़माने की ज़रूरत से बदल कब का गया हूँ मैं
मेरी सोहबत का अब तक वो असर क्योंकर लिए बैठा

मिठाई की नहीं लज़्ज़त बढ़े चाँदी के वरकों से
भला दिल में तू अपने क्यों किसी का डर लिए बैठा

उजाले में चिराग़ों की कोई क़ीमत नहीं होती
हुनर सौ-सौ चिराग़ अपने भले अंदर लिए बैठा

ख़िज़ाँ में, धूल-आँधी में, तपिश में क्यों भला 'बादल'
सुहानी शाम का आँखों में इक मंज़र लिए बैठा

72

हम नेकियों के साथ अब गुनाह कर रहे
ग़ैरों के ग़म पे हँसते कभी आह कर रहे

ख़्वाहिश हमारी है कि हम अव्वल रहें सदा
पर दूसरों के वास्ते भी राह कर रहे

जब से सुना है हमने अभी वक़्त है ख़राब
हम अपनों पर ही ख़ास अब निगाह कर रहे

माना कि उनको आज सभी चाहते हैं, पर
उनकी पसंद हों हमीं ये चाह कर रहे

जज़्बात ख़ास चीज़ हैं 'बादल' के वास्ते
बस इसलिए सभी उसे आगाह कर रहे

73

बात अक़्ल की करता है वो, इश्क़-जवानी क्या जाने
बेला-जूही-चंपा-चमेली-रात की रानी क्या जाने

जीता जोड़-घटाने में वो मरता जोड़-घटाने में
जो मति की बस सुनता हो, वो आँख का पानी क्या जाने

जब निकला है मतलब उसका, भूला है वो अपनों को
धोखा देना फ़ितरत उसकी, मेहरबानी क्या जाने

जो अपने में खोया रहता, मस्त कलंदर के जैसा
कल क्या होगा क्या जाने वो, बात पुरानी क्या जाने

जो देता ग़म वो कब जाना, कब उसको तकलीफ़ हुई
दिल की लगी बस दिल ही जाने, दिलबरजानी क्या जाने

बचपन से जो रोज़ी-रोटी की चिंता में बढ़ता है
'बादल' दुनिया वो जाने है, ध्यानी-ज्ञानी क्या जाने

74

कुछ ख़लिश है, इक अधूरा ख़्वाब मेरे पास है
आँसुओं का इक छिपा सैलाब मेरे पास है

रंजिशें और साज़िशें उनको मुबारक, वो रखें
बस मुहब्बत से भरा 'आदाब' मेरे पास है

दर्दे-दिल मैंने छिपाकर इक ज़रा क्या हँस दिया
वो ये समझे दिल कोई नायाब मेरे पास है

चीख कर ये अक़्ल कहती 'यार वो तेरा नहीं'
दिल मगर ये मानता अहबाब मेरे पास है

इस ख़िज़ाँ में बस यही मैंने उगाया दोस्तो
दर्द दिल का आजकल शादाब मेरे पास है

जो लगाते आग हैं, अक्सर वो ऐसा बोलते
'दोस्तो, डरना नहीं तुम, आब मेरे पास है'

बात 'लड़की देखने' की वो ये कहकर टालता
'कौन-सा कोई पर-ए-सुर्ख़ाब मेरे पास है'

तीरगी में दम घुटे तो आइए 'बादल' के पास
कुछ उजाले के लिए महताब मेरे पास है

75

फ़लक पर चमकते सितारे बहुत हैं
वो ज़्यादा चमकते जो हारे बहुत हैं

समंदर समा ले भले मीठी नदियाँ
मगर उसके तेवर तो ख़ारे बहुत हैं

ख़फ़ा उनसे होकर हैं रूठे हमीं, और
हमीं उनको दिल से पुकारे बहुत हैं

उन्हीं की निज़ामों से हैं साँठ-गाँठें
लिखे पोस्टरों पर जो नारे बहुत हैं

हमें ठंडा करना भी आता है इनको
उबलते ये वैसे तो पारे बहुत हैं

ग़रीबों को जेबों की ताक़त पता है
तभी अपने ख़्वाबों को मारे बहुत हैं

जो सोते ही रहते हैं जागे में 'बादल'
हक़ीक़त में वो ही बिचारे बहुत हैं

76

किताबों-सा खुला हूँ मैं, कभी मैं राज़ भी होता
जहाँ पर ख़त्म होता हूँ, वहीं आग़ाज़ भी होता

क़फ़स मंज़ूर कर लेता अगर ये 'पर' नहीं होते
दिया है 'पर', तो अम्बर में, दिया परवाज़ भी होता

मेरे बढ़ते हुए बच्चों में भोलापन अभी तक है
मुझे चिंता इसी की है, इसी पर नाज़ भी होता

अकेले में वही इंसाँ, मरे मुस्कान पर मेरी
मगर जो भीड़ में हँस दूँ, तो वो नाराज़ भी होता

जुदा है क़द, जुदा काठी, जुदा चेहरा व रंगो-बू
जुदा सब कुछ है मौला तो, जुदा अंदाज़ भी होता

ज़रा पाकर ज़माने को नहीं संतोष होता है
मिला है 'सुर' जिन्हें, सोचें, मिला इक 'साज़' भी होता

दबा रक्खे हैं 'बादल' ने यूँ सीने में हज़ारों ग़म
वो किससे ग़म करे साझा, कोई हमराज़ भी होता

77

सूखते रिश्तों के पौधे खाद-पानी माँगते
कुछ तुम्हारी कुछ हमारी, ये कहानी माँगते

टूट कर बिखरे हैं जिनकी चाह में हम, देखिए
वो सबूतों के लिए हमसे निशानी माँगते

उनकी नज़रें देख हमको इक इशारा गर करें
हम भी अपने दिल में उनकी मेज़बानी माँगते

हम कहाँ कहते हैं तुमसे नोटरी से लिख के दो
हम तो क़समें प्यार की केवल ज़ुबानी माँगते

'काश बच्चे फिर बनें हम', चाहते हैं ये जवान
और बच्चे आजकल के हैं जवानी माँगते

हमको काँटे ही मिले इमदाद में 'बादल' यहाँ
माँगने की छूट होती रातरानी माँगते

78

ज़ुबाँ ख़ामोश भी हो गर, तो आँखें बोल देती हैं
दिलों के राज़ आँखें ही मुकम्मल खोल देती हैं

झिझक तो दफ़्न करती है, दिलों की अनकही बातें
ये आँखें हैं जो दो दिल में मुहब्बत घोल देती हैं

सबब आँखें मिलाने का, दिलों को हारना है, पर
मुहब्बत की ये सौग़ातें हमें अनमोल देती हैं

बस आँखें ही परखती हैं, हर इक शै को कसौटी पर
उतरता जो जहाँ जितना ये उतना मोल देती हैं

हुनर इनको दिया रब ने, जहाँ से ही अलग 'बादल'
फ़क़त आँखें ही इंसाँ को पलों में तोल देती हैं

79

पुरानी सोच पर मेरी, नई ने जब दख़ल डाला
नज़र बदली न मैंने पर, नज़रिये को बदल डाला

मेरे मौला बता इतना, करूँ मैं फ़ैसला कैसे
अक़्ल की बात मानी तो, मेरे दिल ने ख़लल डाला

यहाँ इंसाँ के ज़हनों में, जुदा हैं रंगो-बू सारे
कोई पत्थर को पूजे है, किसी ने गुल मसल डाला

कभी ख़ामोश है साज़िश, कभी नफ़रत की बातें हैं
कि' उसने जब भी डाला है, दिमाग़ों में गरल डाला

चमक चेहरे पे मेरे क्यों? चलो खुल कर बताता हूँ
मेरी जो हार थी 'बादल' उसी ने मुझमें, बल डाला

80

जिस्मानी अनुबंध है जब तक, हम आधे ही होते हैं
प्यार नदारद होता है केवल वादे ही होते हैं

मन भर कर श्रद्धा है इसमें भर-भर कर होता विश्वास
वर्ना ये मन्नत के धागे बस धागे ही होते हैं

पढ़-लिख कर बेटी अधिकारी बन जाये तो बन जाये
पापा चिंता की गठरी सिर पर लादे ही होते हैं

सुलझे लोग हमेशा सबसे पीछे दिखते हैं, लेकिन
चिंतन-दर्शन की गहराई में आगे ही होते हैं

ख़्वाब अधूरे हैं तो आँखों का सोना दुश्वार हुआ
आँखें दिखती बन्द हैं लेकिन, हम जागे ही होते हैं

चाह अगर शिद्दत से करिए, सब कुछ संभव होता है
राजा को पीछे जो करते वो प्यादे ही होते हैं

गर्मी में सूरज है दुश्मन, सर्दी में हो जाता दोस्त
इस दुनिया में 'बादल' सब मतलब साधे ही होते हैं

Notes

Notes

Notes

Notes

Notes

Notes

Notes

Notes

Notes

Notes

Notes

Notes